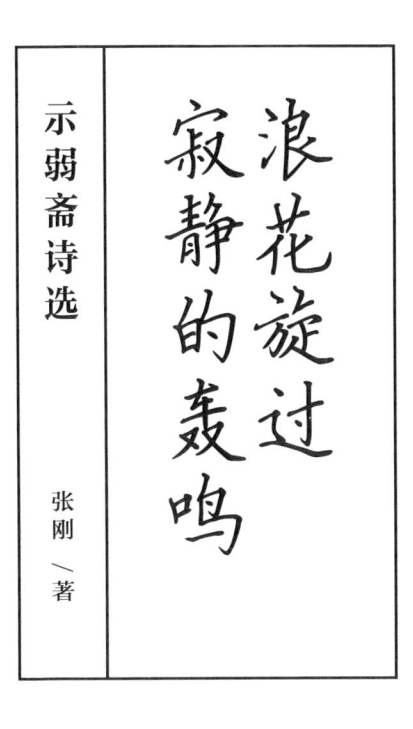

# 浪花旋过寂静的轰鸣

## 示弱斋诗选

张刚 著

重庆出版集团 重庆出版社

图书在版编目（CIP）数据

浪花旋过寂静的轰鸣：示弱斋诗选 / 张刚著. —重庆：重庆出版社，2024.1
ISBN 978-7-229-18319-6

Ⅰ.①浪… Ⅱ.①张… Ⅲ.①诗集—中国—当代 Ⅳ.①I227

中国国家版本馆CIP数据核字(2023)第255371号

## 浪花旋过寂静的轰鸣——示弱斋诗选
LANGHUA XUAN GUO JIJING DE HONGMING——SHIRUO ZHAI SHIXUAN

张　刚　著

策　划　郭　宜
责任编辑　夏　添　苏　杭
责任校对　杨　婧
装帧设计　刘　洋　李　坤

重庆出版集团 出版
重庆出版社

重庆市南岸区南滨路162号1幢　邮政编码：400061　http://www.cqph.com
重庆新金雅迪艺术印刷有限公司印制
重庆出版集团图书发行有限公司发行
E-MAIL：fxchu@cqph.com　邮购电话：023-61520656
全国新华书店经销

开本：889mm×1194mm　1/32　印张：7.5　字数：120千
2024年1月第1版　2024年1月第1次印刷
ISBN 978-7-229-18319-6
定价：68.00元

如有印装质量问题，请向本集团图书发行有限公司调换：023-61520678

版权所有　侵权必究

　　张刚，男，生于海南文昌，重庆秀山人，中国作协会员，中国散文学会会员，重庆市生产力发展中心专家。

　　著有《当代秘书要义》《若有所思话德国》《黄葛树下》《灵魂之趣：心灵与大千世界的对话》《时光边缘》等。其中，后四部先后被美国芝加哥大学东亚图书馆、芝加哥艺术学院、重庆市档案馆等机构收藏。

　　系中华人民共和国成立70周年天安门广场群众游行重庆彩车创意文字设计作者之一。部分作品入选大专院校和中学教材。

　　散文集《时光边缘》荣获第十届冰心散文奖。

# 自 序

2023年12月3日晚8时许，好友X先生高兴地打来电话，说他正与朋友聚会，邂逅我的多位"粉丝"，手机开了免提，"你自己听听吧！"于是，我听见了国家一级演员H先生和重庆那家著名的中学交响乐团负责人W女士两位好友精彩的诗朗诵《花重锦官城》。诗是我当日清晨于阆中古城通过手机微信发出的，吟咏的是前两天成都之行对巴蜀兄弟之情的感悟。

在百年未有的大变局下，朋友们无一不在踔厉奋发满负荷地运转，我的小诗能够给他们以片刻的愉悦、安宁和释怀，能够通过创作和再创作的相互融合，生出烟火人间心有灵犀的些许温暖，甚或能够有益于大家共同对生活和未来有所企盼和期待。在寒冷的冬夜里，这是多么美妙的人生体验啊，我感到一种满足和幸福。

朋友喜欢，自己乐意，那就继续操练吧，——每周一诗、周末发出，一如既往地以个性化的方式向我的2600多位微信朋友请安问好、感恩致谢。

我一直为我的朋友们感到骄傲并寄予期盼。他们遍布于国计民生的各行各业，有的还是业界精英和翘楚，其阅历学养比我深厚，精神向度比我开阔，认知层次、审美能力和鉴赏水平在我之上者颇多，若我的小诗能够经受住他们长久的凝视，相信自己的人生境界和诗歌品质一定会上到一个新的台阶。

《浪花旋过寂静的轰鸣——示弱斋诗选》以2020年1月以来的诗为重点，选录了近十年来的诗歌共计99首。这是自己对学习写诗的一次总结，为的是要重整行装再出发。

诗歌是文学的皇冠。"诗无达诂"，"诗不可说"。作为一名业余写诗的人，我喜欢皇冠放射出的神秘而迷人的光芒，也乐于享受"每周一歌"为朋友和自己的"双向奔赴"所带来的心灵舒展和精神慰藉。为了朋友，为了自己，我将一如既往，乐此不疲。

本诗集特邀郭宜、周颖两位优秀艺术家精心绘制了部分插图，在此表示衷心感谢。

衷心感谢好友陈兴芜、冉冉对诗集出版的关心和支持。

衷心感谢责任编辑夏添、苏杭的辛勤付出。

衷心感谢我的夫人和女儿的意见和建议。

值得向读者朋友们报告的是，本诗集即将付梓之际，我的散文集《时光边缘》（重庆出版集团 2022 年 6 月出版）在深圳荣获第十届冰心散文奖。衷心感谢各位尊敬的评委和亲爱的读者。我期待与诗歌和散文共舞，让诗文之美照亮生命的全过程，让更多朋友从我的文字识得巴渝山水间的一颗心，识得新时代新征程新重庆的更好味道和更美风景。

山城示弱斋斋主　张　刚

2024 年 1 月 1 日

# 目 录

自序

## 巴渝留真

黄葛树　/ 003

山城巷　/ 005

川河盖草海　/ 008

西街的月亮　/ 011

重庆人　/ 013

江城的雾　/ 016

秀山早酒　/ 018

重庆火锅　/ 021

夹马水　/ 024

长江神龟石　/ 026

解放碑　/ 029

轻轨穿楼 / 030

微醺的光膀子男人 / 031

陈独秀旧居 / 034

边城故事 / 036

围龙人 / 038

巴蔓子 / 039

云端之眼 / 041

希望 / 044

当南风轻轻拂过稻浪 / 046

摩围山的森林 / 049

原乡 / 051

广阳岛的味道 / 055

龙缸廊桥的雾 / 057

思归亭 / 059

黎香湖 / 062

郁山古镇的熬盐灶台 / 064

川河风景 / 066

酉州之夜 / 070

莲花山 / 072

神女峰 / 073

龙凤花烛 / 076

铁山坪赏景　　/ 078

## 玉壶冰心

懂得　/ 081

送别　/ 084

四月三日　/ 086

少年梦　/ 088

静夜思　/ 090

深秋的阳光　/ 093

致涪陵诸友　/ 095

致敬X君　/ 097

听说你还在大理徜徉　/ 100

漓江水　/ 102

九寨沟树正瀑布　/ 104

黎香湖的雾　/ 106

冬日黎香湖　/ 107

落叶　/ 109

黄昏的水面　/ 111

初冬　/ 112

相信　/ 115

喜欢　/ 122

柠檬黄了的日子　/ 125

川河盖的四月十八日　/ 128

话别　/ 130

在那遥远的地方　/ 131

闲趣　/ 133

礼花　/ 136

影子　/ 137

中秋夜　/ 139

月上心头　/ 141

时光边缘　/ 143

八月　/ 144

鹅岭公园的轻雪　/ 146

月光下那丛洁白的寒菊　/ 148

月亮房　/ 151

海滩上　/ 154


**浮影交横**

致灵魂　/ 159

光阴的故事　/ 161

无可救药的人 / 163

古装戏 / 165

手机 / 168

秋天的故事 / 171

祭青春 / 173

往日时光 / 175

春风里 / 178

望星空 / 179

星光 / 180

容颜 / 182

晴空中的那朵云 / 184

七月阳光 / 187

雨 / 189

大海 / 192

礁石旁的红树林 / 194

仲春 / 196

空蒙 / 197

樱桃芭蕉 / 199

新秋 / 201

川河盖上 / 203

月思 / 206

我有一个毛病　/ 207

致我今夜不知所终的灵感　/ 209

黄永玉　/ 212

关于一首小诗的那点儿事　/ 214

菊之宣言　/ 216

案头那一晃而过的阳光　/ 218

书房台灯　/ 219

鹿回头的传说　/ 220

悲剧　/ 223

盖上季夏的风　/ 224

巴渝留真

# 黄葛树
## ——向重庆市树致敬

瘠薄土壤

生长

穿石抱岩

悬根露爪

用心用情

执着坚韧顽强

葛苞开花

新叶绽放

何时栽种何时更替

不附势媚俗

亦无需赞赏

谨守自己生命的时序
懂分寸有节奏
欣欣有味
片片诗行

蜿蜒虬曲
古态轩昂
树冠广展
奉献荫凉

曾经受伤
结痂处已长出思想
初心不改
灵魂有香
巴渝风骨
倍增流年的芬芳

# 山城巷*

沿崖而上
品读你诗的芬芳
吊脚楼
层层叠叠
平平仄仄沧桑
四合院
若隐若现
嘈嘈切切吟唱
南纪门至领事巷
是最长诗行
幽静古雅时尚
明城墙还在发思古幽情

* 山城巷位于重庆市渝中区南纪门街道,是重庆市唯一的以"山城"命名的街巷和著名的网红景点。

仁爱堂还在作欧罗巴式幻想
石朝门憨朴着有点呆萌
抗战房和海派厚庐
还在回望中向往
夜幕降临
华灯初上
巴山夜雨时
天街映长江
是你最美的意象
诗眼呢
600年酝酿
在我心上

## 川河盖草海*

对不起,朋友
昨天
我醉得厉害
没能够如约回来
只因为川河盖
那迷人的十里草海

色若翡翠
浩如烟海
骑着马儿优哉游哉
我成了
大海上的一叶扁舟
万里碧空的一朵云彩

---

* 川河盖位于渝湘交界处的重庆市秀山土家族苗族自治县涌洞乡境内,国家4A级景区。

人迹罕至
不惹尘埃
野黄花
是偶尔的美丽点缀
凉风轻起
涌动梦幻天籁
我心飞翔
灵魂自由自在

对不起哟,朋友
今天以及明天
还不能回来
马儿累了
已让它离开
我留在这里
川河盖
愿草海把我深埋

白天

看云朵发呆

夜晚

在梦中

变成一株小草

融入这片纯净的海

# 西街的月亮*

千里还乡
长夜守望
为看初秋月亮
沐浴皎洁光芒

向往
然而失望
今夜无月
惆怅

夜色茫茫
却有沁芳
幽花疏淡

---

\* 西街位于重庆市秀山土家族苗族自治县老县城以西的梅江河两岸。

清新舒爽绵长
恰似儿时
故乡月光的温香

无月之夜
满月意象
心无挂碍
一地清凉

还会走向远方
走不出
故乡月亮慈爱的目光
还会浪迹天涯
踏石留印
是游子回家的芬芳诗行

# 重庆人 *

千里为重，广大为庆
一撇顶天，一捺立地
日月相交，乾坤相亲
大山大水背景
长江上游的中心
你走过来了
敢为人先义薄云天的重庆人

出门你是仗剑天涯威风凛凛巴将军
居家你是杨柳青青道是无晴却有晴
动如脱兔
你是长江浑黄嘉陵碧绿虎啸龙吟

---

\* 致敬 2022 年 8 月英勇抗击极端高温、肆虐山火、罕见干旱和复杂严峻疫情的巴渝儿女。

静若处子
你是高山草原气定神闲云淡风轻
国家战略
你是"三线"建设百万移民舍小家顾大家
为中华不辱使命
盛世繁华
你是立足"两点"建设"两地"实现"两高"
勇毅担当英雄城
当摩托骑士穿过烈焰追星赶月血性铸就森
林长城
当重庆崽儿挥汗如雨化作甘霖秋播育苗分
株繁殖大地温馨芳芬
当"制造重镇"限电保民渝中半岛两江四
岸灯饰照明同时关停
当中心城区一千三百万儿女核酸检测一夜
完成不留死角不落一人
世界看见了
你左手挥别朝晖夕阴
右手牵来漫天星辰

耿直又这般淡定
激情又这般理性
豪爽又这般坚韧
挚爱又这般忠贞
铁肩担起道义
你知难而进向死而生
大大咧咧的浪漫洒脱
竟如此豪横而深沉

一座城
一家人
一起走
一定成
巴山蜀水间的石榴熟了
千房同膜
千子如一
紧紧地抱在一起
紧紧地
紧而又紧

# 江城的雾

时近三九
朋友去了文昌和海口
徘徊于江城龙湖
我只喜欢与洁白的怜爱相处
被纯洁的虚无淹没
直视太阳
我 hold 不住那份残酷
平生的每一次醒悟
都经历过朦胧的恍惚
若即若离
似有似无
别样的温柔
是通往我内心的坦途

我只喜欢随空蒙起舞

悲喜自渡

任花开花落

云卷云舒

# 秀山早酒*

巴渝何求
秀山早酒
遍品神州
我家独有

醇酿土卤
梦中珍馐
执手互敬
舒服舒服

一杯落喉
全天抖擞

---

\* 2014年9月休假返回重庆秀山老家，应亚平、小三之约，于凤凰山麓牛肉面馆早酒二两感怀。北京大学原图书馆馆长程郁缀老先生赞其"质朴谐趣、欣欣有味"，家乡好友常高声诵读款待域外宾朋，为此而备感快乐。

三盏下肚
天下敢走

学会早酒
无烦无忧
习惯早酒
都是朋友

醉美莫言
唯诗唯酒
至爱无疆
吾乡吾祖

皇天后土
喝哟喝哟
山高水长
还有还有

# 重庆火锅

"棒棒军"在朝天门码头演绎的故事
到如今是插遍世界麻辣鲜香的旗帜
激荡着沸腾
永无停歇

殷红的血液
奔涌的激情
滚烫炽烈的心智
彰显站立着的城市特质

性格是大丈夫的耿介
一就是一
实事求是
讨厌阴阳不定
恶心扭扭捏捏

世界给你最草根的食材
你还世界最鲜美的滋味

抱负是大江东去的格局
无论南北
不分菜系
一锅尽煮环宇
天下汇聚锅里
唯一的祈愿
是天下人大快朵颐

胆识是深谙世上的奥秘
不自欺欺人
不凌空蹈虚
不说破美食天地的华而不实
磊落胸襟包容大气
美美与共做最好的自己

爱情是感天动地的忠贞不渝
沧海的水

巫山的云
理想主义和英雄情结
都在这里
堂堂正正轰轰烈烈
每一次兜兜转转又回到长江嘉陵的怀抱
每一次满血复活又重返梦幻神奇的锅底
一次又一次
演绎深永长情的传奇

## 夹马水 *

我是我
你是你
泾渭分明
各有各的
渊源阅历故事
和细节

我不是你
你不是我
多少个日日夜夜
都已不是
当初的
流量流速和流域

---

\* 时近中秋,嘉陵江绿,扬子江黄,两江交汇于朝天门码头,状若野马奔腾,成"夹马水"胜景。

你属于我
我属于你
宿命兄弟的拥抱
每一个水分子
都体验到最深沉的亲切

你就是我
我就是你
从此浩然东去
朝天门见证
一样的血脉
一样的方向
一样的目的和归期

# 长江神龟石*

一年、两年、三年
百年、千年、万年
流年的江水
雕琢
中华神龟奇观

沧海桑田
要泡烂多少
嶙峋坚硬的石头
才会有那嘴角
优美的曲线

---

\* 重庆朝天门码头,长江嘉陵江汇流形成"夹马水"水域的南端,有龙门浩月网红景点。2020年5月16日与诸友前往打卡,共赏百年一遇露出水面、微笑向天、长120米宽80米的巨型神龟石。

哦,它一直微笑着
无论是深埋江底的黑暗
还是一百年一次
露出水面

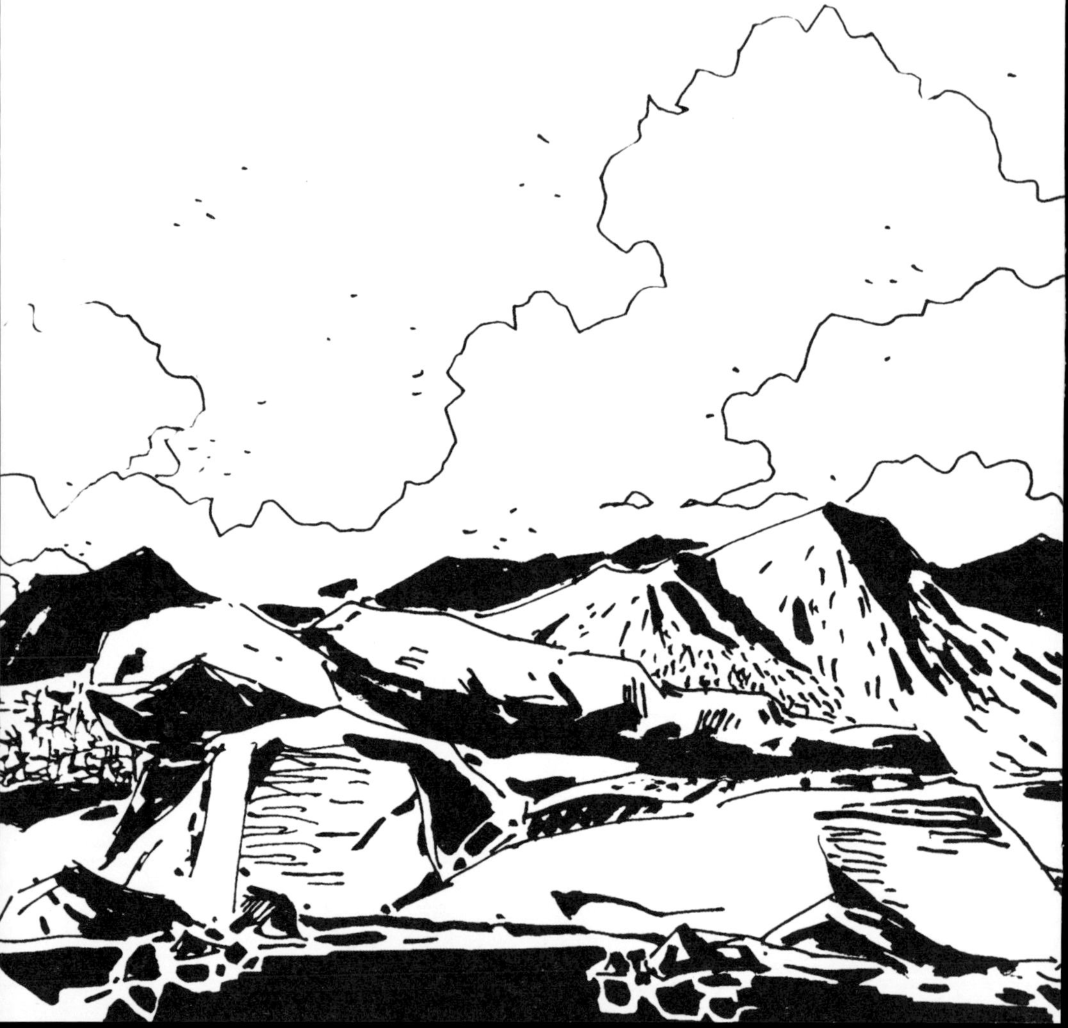

# 解放碑*

自上而下

力拔山兮

历史

在这里

重重地落下一笔

平的世界

有了直的崛起

"1"——

顶天立地

于是

丰碑以下的每一个数据

都有了大于"0"的意义

---

* 解放碑位于重庆市渝中区解放碑商业步行街中心地带,是中国唯一一座纪念中华民族抗日战争胜利的纪念碑,是重庆解放和重庆市的象征。

## 轻轨穿楼

从临江门去佛图关
是自下而上
从佛图关去临江门
是自上而下
上上下下
都会经过背山面江的李子坝
列车穿楼而过
李子坝下
观景台惊起一片赞美的喧哗

无论是浪迹天涯
抑或是倦鸟归家
每一次出发和到达
都会风景如画
只要分量足够
只要恰当的起伏高差

## 微醺的光膀子男人

古镇的周末之夜
光膀子男人
喜欢沿着"拳上过"的轨迹
去遇见好友和自己
遇见人间烟火的欢喜

嘉陵江边,黄葛树下
鸡毛小店,凉风习习
光膀子男人意犹未尽
桌上的江湖菜已所剩无几
叠起来的空啤酒箱
已高过小老板家的木楼梯

这个时候
店子里没有世界
只有兄弟

沿着"拳上过"的轨迹
光膀子的男人
用激情拥抱放飞的感觉

"好兄弟,
——好一辈子!"
心底喷涌出的吼叫
是江涛拍岸的轰响
是麻辣火锅的宣泄
夜莺和夏虫的歌唱戛然而止
今夜的一切
统统臣服于雄性的豪气

西边天际
月亮和星星看着这里
跃跃欲试的微笑
天地间
搅动起丝丝缕缕的喜悦

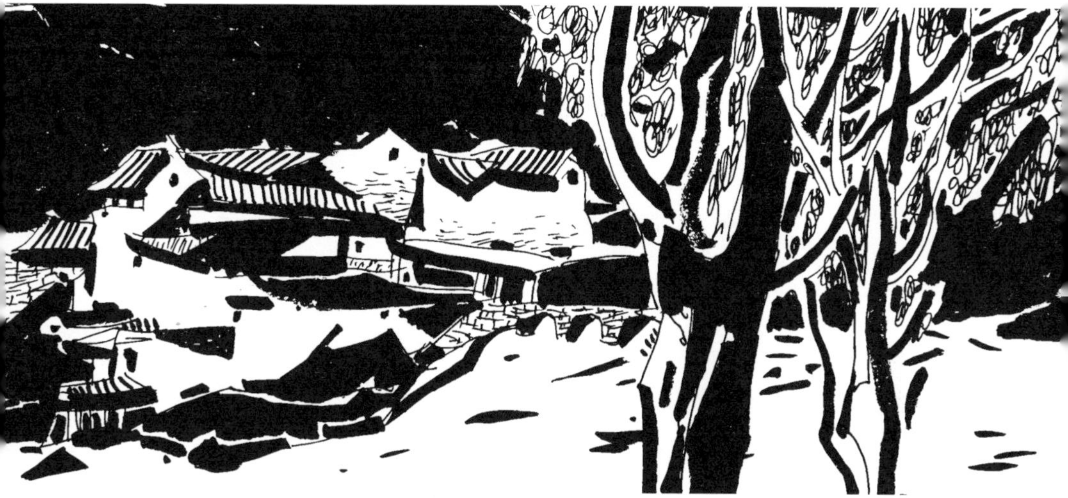

# 陈独秀旧居*

长江雄浑
一段风云轻拥鹤山坪
鼎山巍峨
石墙院成就历史的胜景

入院往东
邂逅一群觉醒年代的年轻人
拐弯西进
迎面而来的是德先生和赛先生

拾级北望
新文化惊涛拍岸雪卷千堆

---

* 陈独秀旧居又名石墙院,位于重庆市江津区,是陈独秀生前最后的寓居地。

移步南园
创始人铁肩道义勇毅前行

累了困了
倾听四月风吟诵金粉泪音韵
夕阳归隐
仰望盗火者点亮漫天星辰

# 边城故事*

中秋一个多云的晴天
我登上了洪安的语录塔之巅
对面是千年古镇茶峒
背面是层峦叠嶂的九龙山
清水江从迓驾自西向东涌流
吊脚楼遍布三省市一江两岸

由巴蜀往湘西的那条官路呢
哪里看得见大佬的木排和二佬的船帆
白塔掩映的"三不管岛"还在吗
翠翠、爷爷和那只小黄狗是去了松桃
还是秀山

---

\* 边城指重庆市秀山县的洪安镇、湖南省花垣县的茶峒镇和贵州省松桃县的迓驾镇一带,是著名作家沈从文小说《边城》的原型地。

秋风抚过
欲辨忘言

蓦然
金乌洞穿鳞云
瞬间
阳光普照山川
一脚踏三省
没有边界
三省共一城
何须分辨
至此人间
温暖无限

# 围龙人[*]

绚丽之春在围龙桥亭曼妙
踏青的人共梨园香雪舞蹈
感觉问心灵有无烦恼
心灵扭抱和风打滚撒娇

心灵扭抱和风打滚撒娇
感觉问心灵有无烦恼
踏青的人共梨园香雪舞蹈
绚丽之春在围龙桥亭曼妙

---

[*] 重庆市铜梁区围龙镇山清水秀,百姓厚道,民风亲切友好。

# 巴蔓子

上下五千年
中国和外国的历史
对比所有的英雄谱系
我仍然坚持
把你放在最崇敬的位置
哪怕颈项
面对剑刃威逼

一边是自己高贵的头颅
一边是巴国的三座城池
二者不可兼得
你拔剑自刎
以头留城
殷红的忠义
融入巴蜀的岩石和空气

时光的计算机

海量数据

忠诚与背叛

怯懦与壮烈

守信与失言

阴阳与耿直

还有可知和不可知的

交由

流年的 CPU 辨识

一个人一个故事

大英雄都是传奇

千年的风云碎了一地

唯有你

舍身取义顶天立地

世界模糊了

忠烈的人

却越来越清晰

## 云端之眼*

横空出世的灵感

中国红云梯惊现人间

玉宇连绵

星光璀璨

天上街市的起点

魔幻之都的开篇

抬望眼

吴刚和嫦娥

驾着巫山之云霓

悄然下凡

仔细看

李白和苏轼

---

* 云端之眼位于重庆市渝中区新华路201号联合国际写字楼顶,可360度俯瞰山城全貌,纵览两江四岸风景。

穿越千年

微醺中共情

攀月登天

哦，当然

如果足够勇敢

朋友，请再上一梯

请更近一点

月光的紫罗兰花瓣

洒满灵魂的湖面

温柔和豪横

搅拌立夏之风旋转

重庆标识

神魅容颜

瑰丽和浪漫

属于自己

属于世界

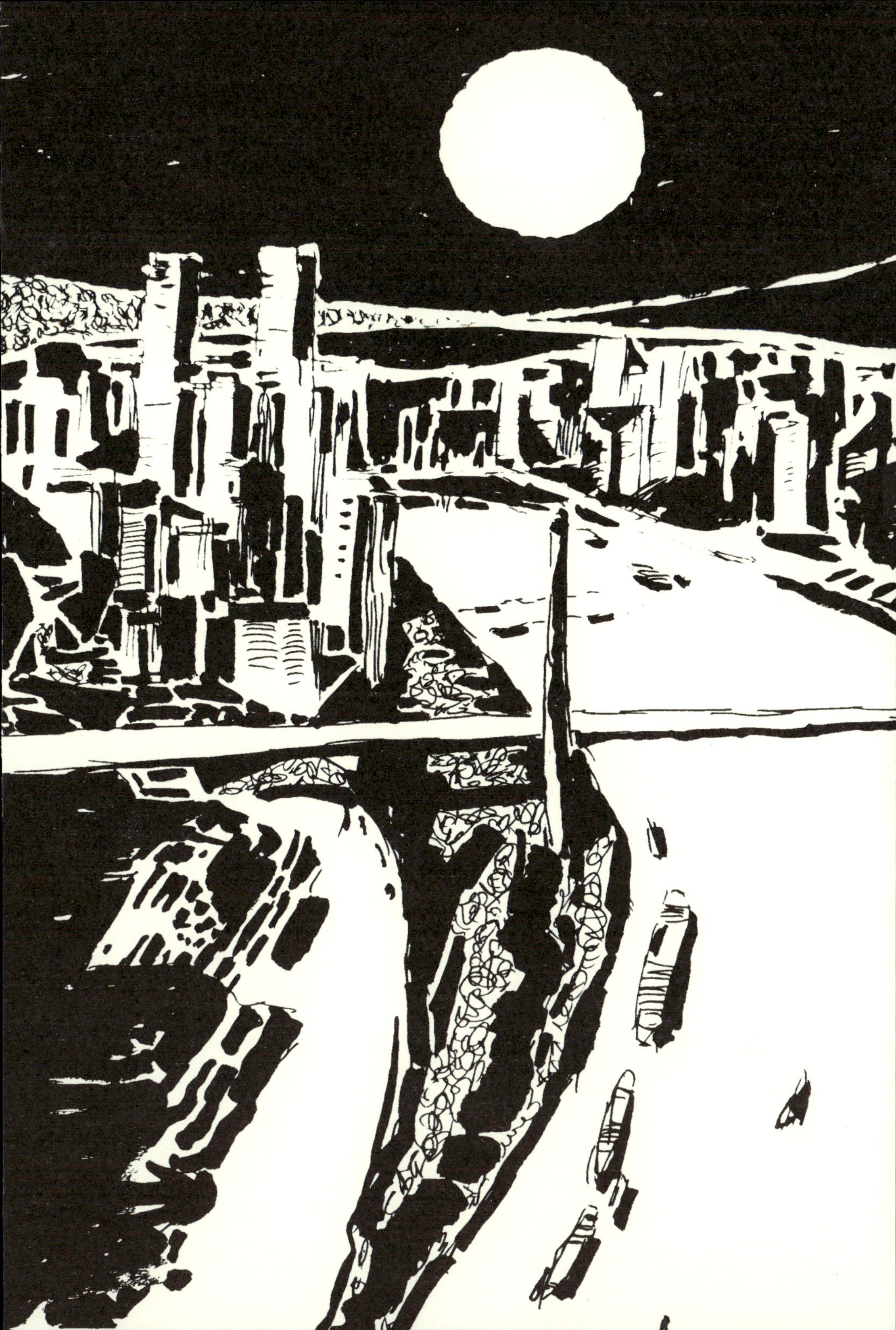

## 希望
——写于朝天门广场来福士空中水晶连廊

三千栋摩天楼垂直向上
唯有你
在摩天楼顶端
横向生长
凌空飞翔
三千行诗句
从此有了诗眼的芬芳
三千根桅杆
从此有了风帆和向往

嘉陵清亮
长江浑黄
朝向星辰大海

世界听见了

半岛起锚的声响

两江四岸

正开启史诗般的远航

## 当南风轻轻拂过稻浪
——致敬"杂交水稻之父"袁隆平

当南风轻轻拂过稻浪
在他守望的地方
雄性不育的"野败"
一万年涅槃的凤凰
"谁来养活中国?"
一介农夫智创
中国,水稻的原乡
饭碗,从此稳稳地
端在自己的手上

当南风轻轻拂过稻浪
在他守望的地方
五大洲以及四大洋

8000万公顷稻花绽放
8000万黎庶纵情歌唱
只为致敬和感恩
东方稻神的博大善良

当南风轻轻拂过稻浪
在他守望的地方
心在最高处
根在田中央
天下情怀一粒种
稻粱嘉穗泽万邦
禾下乘凉
90亿亩金灿灿诗行
谱写圣农纪元的华彩乐章

当南风轻轻拂过稻浪
在他守望的地方
良田在沙漠中蓬勃生长
禾苗靠海水滋养灌浆

顺着袁隆平星远去的方向
先生光脚踩过田埂
星海平畴蛙声清亮
天上人间
人间天上
炊烟袅袅升起
白米饭好香好香

## 摩围山的森林 *

重庆武陵
摩围阁西森林
一天一夜
隔绝 42 摄氏度的高温
卧云轩内
观景冥想静心
睡意沉沉

深草掩映千年光阴
闲云飘入梦境
庭木坚韧
山鸣谷应
看见了他俊逸的身影

---

\* 感念贬谪黔州（今重庆彭水）摩围山下绿荫轩三年半的北宋文坛宗师黄庭坚。

黄老先生
与我相向而行
越走越近

蓦然，长风洞开房门
瞬间，不见了先生
屋里屋外弥漫的
是山谷体和松风阁的芬芳
字字珠玑
满天星辰
今夜的月亮
恰是黄太史的钤印

高级的雅
纯粹的静
夜莺轻啼
我翻了个身
枕着阿依河的苗韵
沉入深青迷人的梦境

# 原乡
## ——于酉阳县花田乡何家岩村

国庆假期的那个晚上
菖蒲盖下那个唐朝的村庄
二两,仅仅二两
一碗落喉
终身难忘

还是宋徽宗喜欢的贡米糯香
还是元世祖青睐的玉泉润朗
还是康熙和乾隆钟爱有加的那坛醇酿
微醺中我体悟
它何以曾倾倒大半个盛唐

有钻,不是金刚
有量,不过三两

我只能一手揖别主人的纯良
一手挽起李白的月亮
溶溶月华
满径芬芳
我只想融入家家户户
淙淙流淌的清泉
咏唱千年桃源深绿原乡
然后
自由流浪
朝着苏轼归去的方向

一阵风来
破了幻象
踉踉跄跄我瘫倒路旁
月亮跌落蓝湖中央
溅起的水花点亮漫天星光

好想赶紧捞起那轮月亮
怕它受凉从此失去光芒
可几经挣扎

我还是一屁股坐在了地上
再看月亮
一个湖心徘徊
一个遥挂天上
霄壤之间
弥漫着无尽的馨香

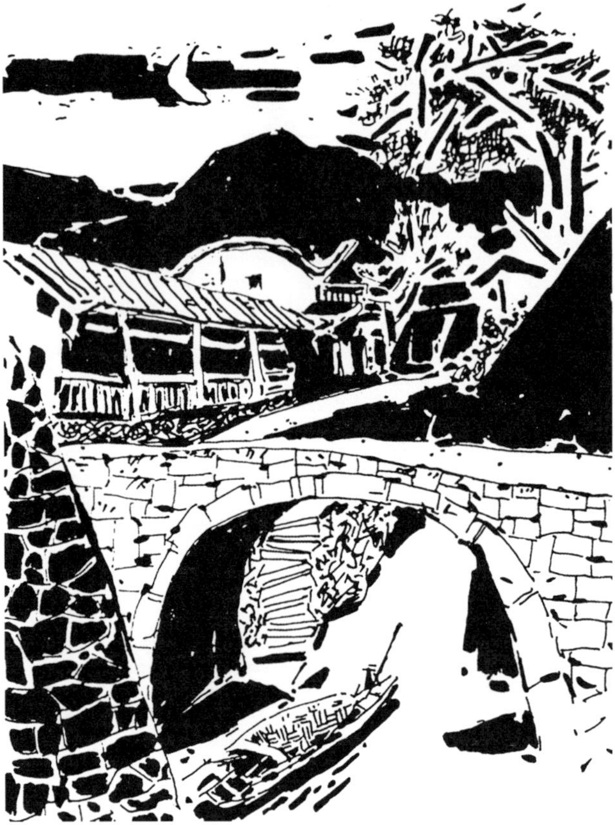

## 广阳岛的味道*

十里春风

十里樱桃

十里杨柳万千条

蓝天碧水

碧水蓝天

晕染绿岛千顷青青草

一切都是刚好

十六岁恋爱的味道

早了

稚气未消

晚了

俗气打扰

---

\* 广阳岛位于重庆市南岸区,是长江流域著名的生态宝岛。

远离喧嚣

爱，在这里

一天天美妙

一天天长高

# 龙缸廊桥的雾

——于重庆云阳艾上草原致谢 W 君夫妇及诸友

昨夜醉了
醉得舒爽到糊涂
一觉醒来
"天下第一廊桥"漫步
这才发现
酒气从谷底
弥漫成缥缈的云雾

牵手栈道石笋河向左
穿洞映月清水湖在右
七夕塔下
"天空之花"的尽头
我看见了
文藻胜地摄人心魄的画轴

红男绿女
携烟霞轻歌曼舞
云雾深处
神女养蚕牧鱼
廪君开疆拓土
每一个人都崇勇尚武
又浪漫温柔

今宵酒醒何处
龙缸吞吐着云雾
却盛不下情谊的浓稠
巴山渝水
民风竟如此敦厚淳朴

# 思归亭*

闲坐凉亭
已经是第三个半天了
醉心风景
不闻人声

拂子茅长势旺盛
淡紫色的小穗优雅清纯
它们就要越过美人靠
就要簇拥着覆盖独处的人

最有意思的
是那几朵灵性的蒲公英
轻轻飞来

---

* 思归亭位于重庆秀山川河盖景区千米悬崖上,与秀美的莲花山隔壑相望。

欲飘落我的头顶
这片贫瘠能给你们什么呢
偏头躲过
它们把花粉
传授给了亭外的流云

小溪时现时隐
在杏林和草甸间静静穿行
三个半天的光阴
形貌无痕
叮咚有声
分不清是模糊的记忆
还是朦胧的憧憬

当晚霞消逝的时候
十里草海落下满天繁星
风过我心
簌簌天籁
今夜
会生出怎样的梦境

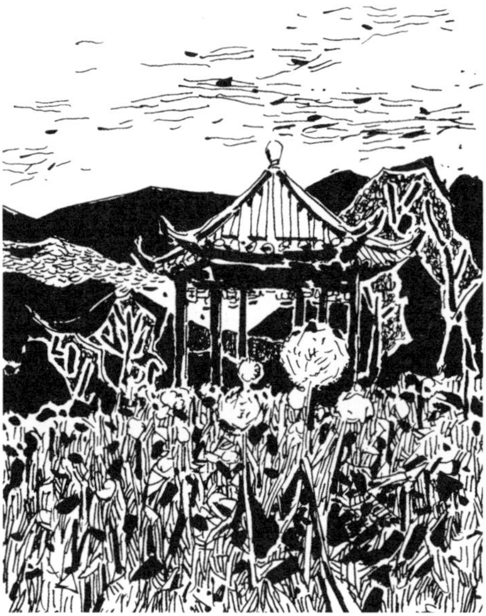

# 黎香湖

——陪京城 M 君 T 君夫妇赏湖有感

傍晚,漫步湖畔
自然遗产的神魅尽现眼前

三千五百亩绿蓝
涌动思接千载的流年

薄雾迎面是洁白的哈达
献给两千三百年杜鹃王的苔藓

九座森林半岛静坐岸边
一会看向静穆雅润的天
一会细数叶落湖面的闲

远山如黛

一片美妙模糊的点线

恰似童年的记忆

贴近又遥远的温暖

蓦然，一艘红白相间的快艇

那么一闪

瞬间拨动心弦

深绿之爱

在湖光山色间舒卷

自然之子

最爱自然

## 郁山古镇的熬盐灶台[*]

危岩很陡
峡谷很深
淌过深井流泉
淌过雨中泥泞
淌过三千年的明灭幽暗
终于看见了
后照河的天生桥
天生桥下的熬盐灶台
灶台周边古巴蜀的
底蕴和灵性

水码头上
听得见先秦百舸争流鼎沸人声

---

[*] 郁山古镇属重庆市彭水苗族土家族自治县,盐业开发逾5000年,有唐太子李承乾墓、黄庭坚衣冠冢等,是重庆市历史文化名镇。

岩壁间的斑驳陆离
酷似黄山谷行草浑融萧逸的神韵
青光鉴人的石板古道
映照巴寡清富甲天下
倾城倾国的倩影
开元寺的晨钟暮鼓
播洒盐丹文化的千载美名

食之起源
百味至尊
这里曾同人间烟火最亲最近
如今，和光同尘
都是风景
无论是往昔辉煌
还是沸腾后的平静

# 川河风景

"秀山鱼"①轻轻划过
惊涛骇浪凝固成
高山台地的奇异风景
四亿年喧嚣蒸腾
余下的是憨傻呆萌的率真
和震耳欲聋的宁静

阳光特别朗润
月色分外温馨
泉水淙淙
每一缕风同每一朵云相敬相亲

---

① "秀山鱼":中科院相关机构和重庆市规自局在秀山"川河盖天路"发现的 4.23 亿年前的鱼化石。这是世界脊椎动物演化考察研究史上的重大突破,脊椎动物"从鱼到人"过程中颌与牙齿的早期演化因此有了确凿实证。

蛙鼓阵阵
每一滴露和每一颗星彼此感恩
还有爬满青藤的小木屋
还有小木屋内的开怀畅饮
酒过八巡
当牛头宴和九大碗吃得一干二净
乘着酒精和豪情的翅膀
搞酒人在歌舞中放飞人生

"黄杨扁担"[②]挑山过岭
"一把菜籽"[③]轻盈喜乐
苗族妹子轻歌曼舞走出"茄子林"[④]
土家汉子健步如飞"豇豆林"[⑤]里陶醉沉浸
生命融入中国桌山行云流水
人生绽放云端花园百媚千红异彩纷呈

---

[②] "黄杨扁担":中华经典民歌中的秀山县歌。
[③] "一把菜籽":经由上海轻音乐团改编演奏,已成为声名远播的中国秀山轻音乐名曲。
[④] "茄子林":渝东南土家族苗族民歌。
[⑤] "豇豆林":渝东南土家族苗族民歌。

川河盖上，万物共情
时光边缘
"秀山鱼"微笑出听
小小寰球
自西向东仍转个不停

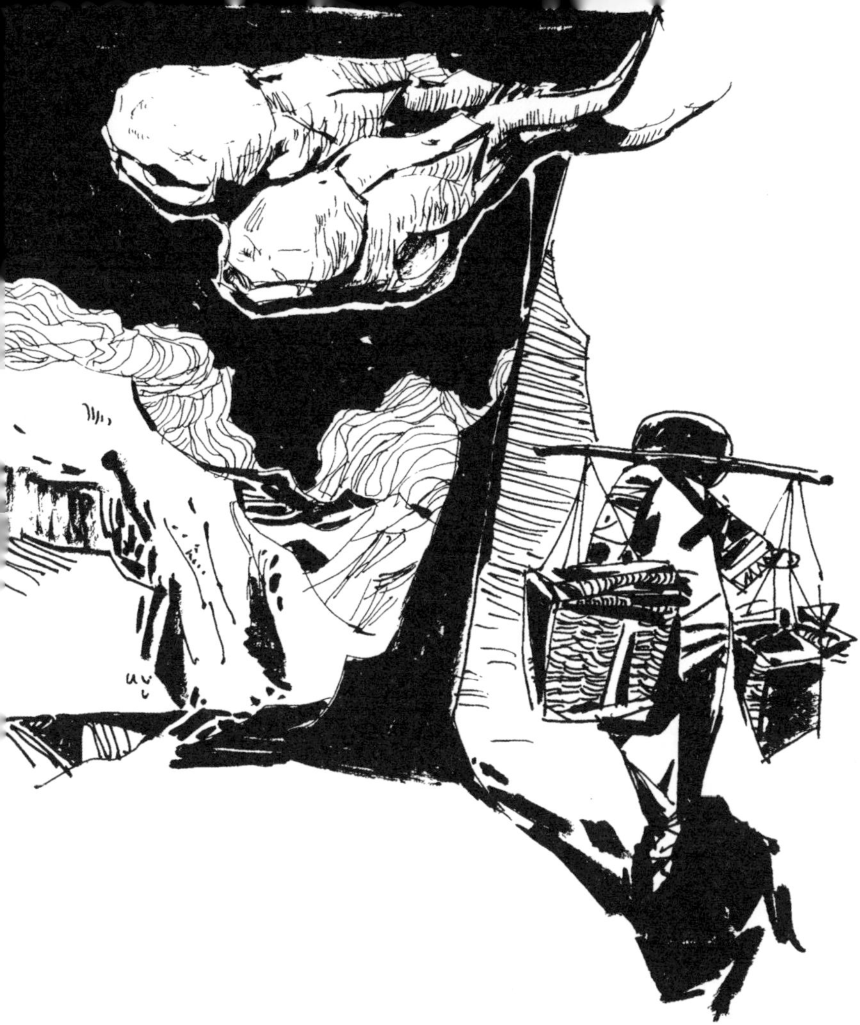

# 酉州之夜

朋友
谢谢你的抚问
此时，我在武陵山脉的腹心
这里云淡风轻
漫天繁星
真是写诗的好地方哟
可我没有写诗的心情
压力步步逼近
太多的头绪需要理顺和厘清
月亮不见了
不见了的
还有每周一诗的雅兴
好在这里星光灵性
当你的微信彩铃响起

请倾听
酉州桃花源
十里荷香涌动蛙鼓虫吟
那是陶渊明穿越千年邀请的盛情

# 莲花山
——川河盖莲花山邂逅挚友

和夕阳一起登顶莲花山
崭新的视界便映入了眼帘
西风涌来浓淡相宜的情感
云霞盛开美丽边城的七彩锦缎
所有的险峰都不再高不可攀
巍峨的八面山也模糊成了小不点
南飞的大雁从眼前飞过
诗情和雄心正跨越万水千山
何谓人生的巅峰体验
经年累月的离散
不期而遇的相见
莲花山上
莲叶接天

# 神女峰

万里长江之畔
巫山云月之间
三百万年过去了
浮身寄于时间的偶然

没有瑶姬的神魅温婉
没有楚王的超拔浪漫
不曾悬崖上展览千年
不曾被谁或为谁痛哭过一个夜晚

也不是地球村最多情的石头
仅仅是一块六米高的硅酸盐
无语于好为人师的人性弱点
也承担不起迁客骚人香软的爱恋

与孤帆远影情同手足
与天际长江血脉相连
拒绝成为那个形而上的世界
各路天使挤满一根抽象的针尖

只想做一块沉默峻嶒的石头
伫立江畔
昂首云天
三百万年三百万年以后
亦如三百万年三百万年以前

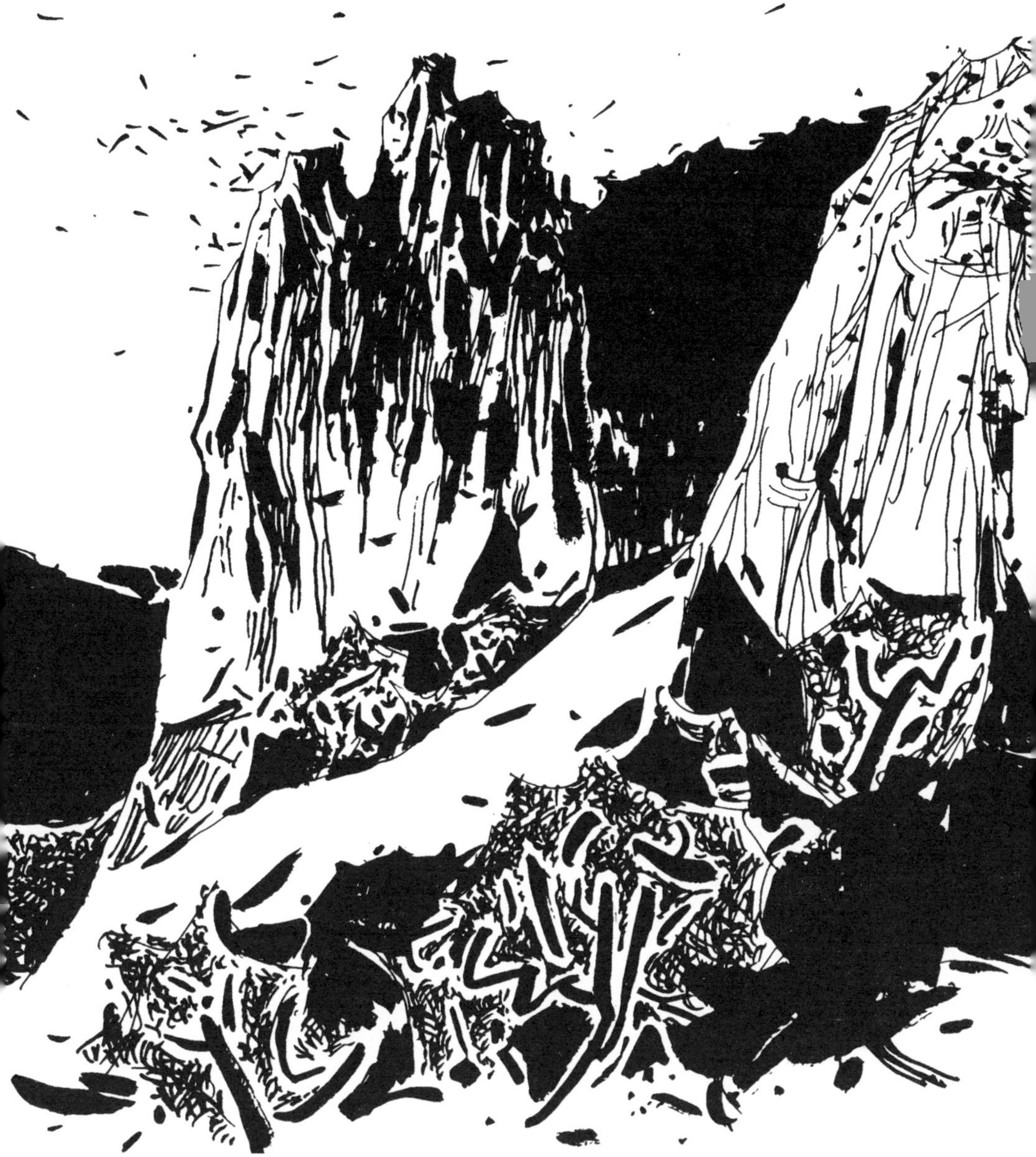

## 龙凤花烛*

通体绛红健硕劲挺
龙飞凤舞东方神韵
你来自养在深闺人未识的武陵
重庆秀山
梅江河畔最美的乡村
不是神龛上诸神的饰品
蜡烛的世界你个性鲜明
灯芯是深绿的竹篾
燃质是素朴的草茎
一生一念
一念一生
信仰是燃烧

---

\* 龙凤花烛代表花好月圆，象征美好祝愿，系重庆市秀山土家族苗族自治县本土民间工艺和传统文化的活标本。

追求是牺牲

当庆典盛开最美的欢欣

你血泪渐冷

泥土深处

默默祝福善良的人们

## 铁山坪赏景

岭头枫叶染初冬
偏倚朔风似火红
岁晚人勤应感慨
无边好景念英雄

玉壺冰心

# 懂得
## ——致敬京城 M 君和诸兄弟姐妹们

满园玫瑰

我分不清这一朵和那一朵

漫天星辰

我分不清这一颗与那一颗

就像我分不清

你和我

似曾相识

却从未见过

从未见过

又再熟不过

会心一笑

是最灵异的懂得

前世的回眸

瞬间点燃
十里春风今生喜乐

向夏在右,侘寂在左
我选择侘寂
盼孤独中邂逅归人过客
从今天起
巴渝鹅岭之南国
万花丛外
我用粒粒红豆
细数朵朵梅花的开落

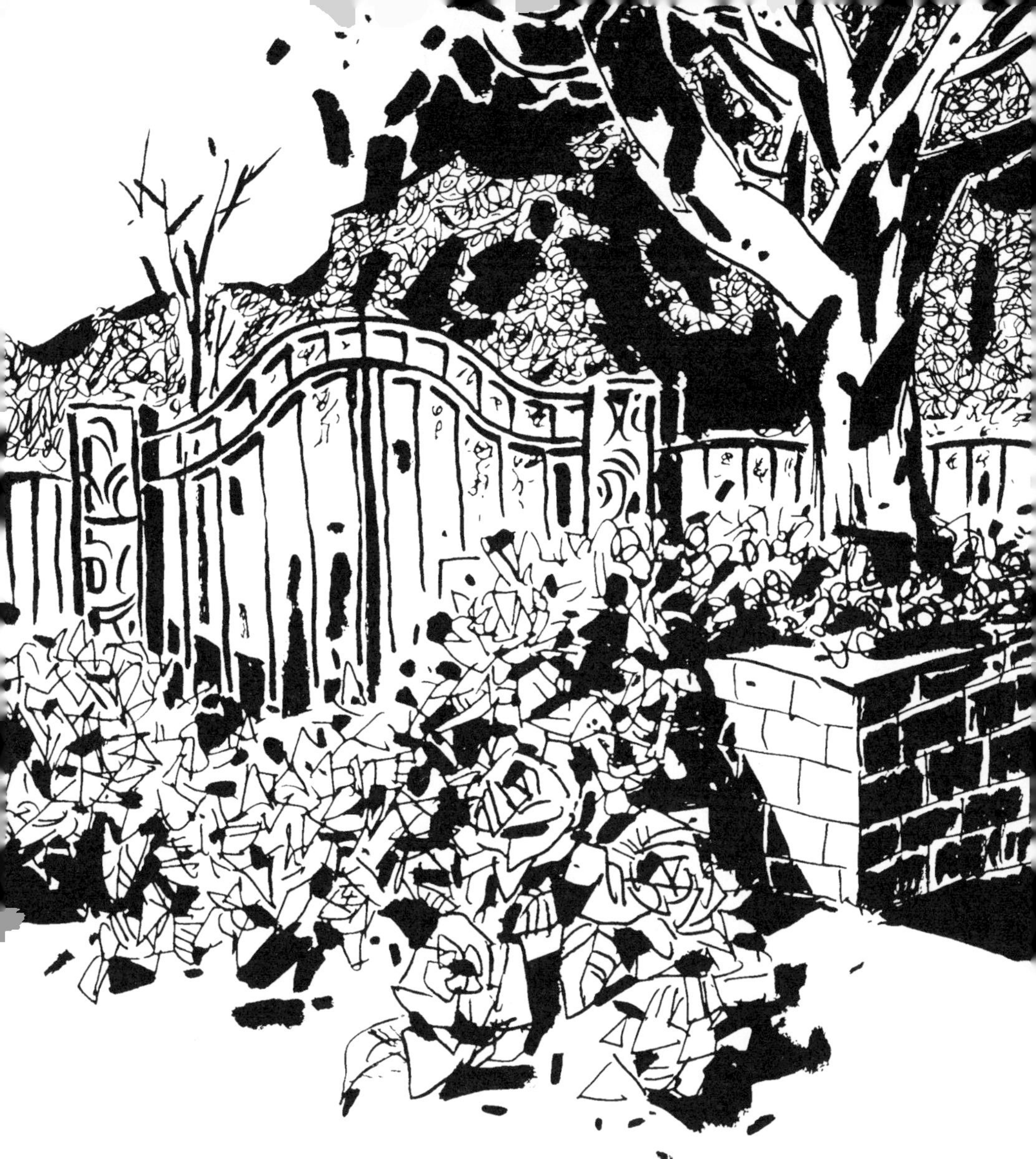

## 送别

——致敬京城 X 将军夫妇和成都 W 先生夫妇

为表情达意
从解放碑到朝天门
遍寻重庆最繁华街区
很遗憾
竟找不着一件心仪的伴手礼

对不起哟
亲爱的同学
请原谅我过于尖刻的挑剔
不能精准
宁愿放弃
这样的时刻
我只喜欢
维纳斯断臂

临别之际
让我们紧紧地
紧紧地再拥抱一次
虽然，拥抱终将松手
团聚终将离别
可大丈夫的气质
会融汇彼此的血液
赓续峥嵘岁月
惺惺相惜的情谊

# 四月三日
——生日感怀

四月问三日活着为什么
三日问四月为什么活着
大半辈子的蹉跎
讨论
没有结果
天边划过一颗流星
哥俩的慧根瞬间激活
看那鱼儿在缸里惬意婆娑
看那胡杨心满意足扑倒于沙漠
看那蚂蚁乐此不疲滚石上山
造它心中的王国
看那巨鲸大限来临
游回深海孤独沉默
什么不是什么

什么都是什么
活着
微笑享受感觉的美好
归去
微笑告别美好的感觉

## 少年梦

说是每一粒种子都开过了花
说是每一位出发者都已抵达
我与你的双向奔赴
近在咫尺
却恍隔天涯

河流无语
野渡无人
我是古道上独行的那匹瘦马
高风刮来黄沙
我泪流满面
两眼昏花

种豆得豆
种瓜得瓜

无话可说的季节
断舍离是生命的潇洒
毅然转身
一刹那
大雁划过碧空
划破我梦的结痂
忧伤的蓝
辽远着虚化

殷红和忧伤
于萧瑟中发芽
为了你
苍穹深处
我还会开花
天边
一抹晚霞

## 静夜思

三岁时
我很幼稚
幼稚的我躺在床上
最喜欢用嘴去追咬自己
一颗颗香喷喷的脚趾
爸妈姐弟好开心哟
不懂事的我
也常常笑得岔了气

初恋时节
我开始变得不真实
明明想同她黏在一起
分秒不离
却借口怕耽误她学习

一周只见一次
咬牙承受言不由衷的自虐

如今
我不再幼稚
也不再喜欢不真实
珍惜当下
为了自己

可每当夜深人静
酝酿一首小诗
天籁便从心底拂过
我越来越不喜欢
成熟了的自己

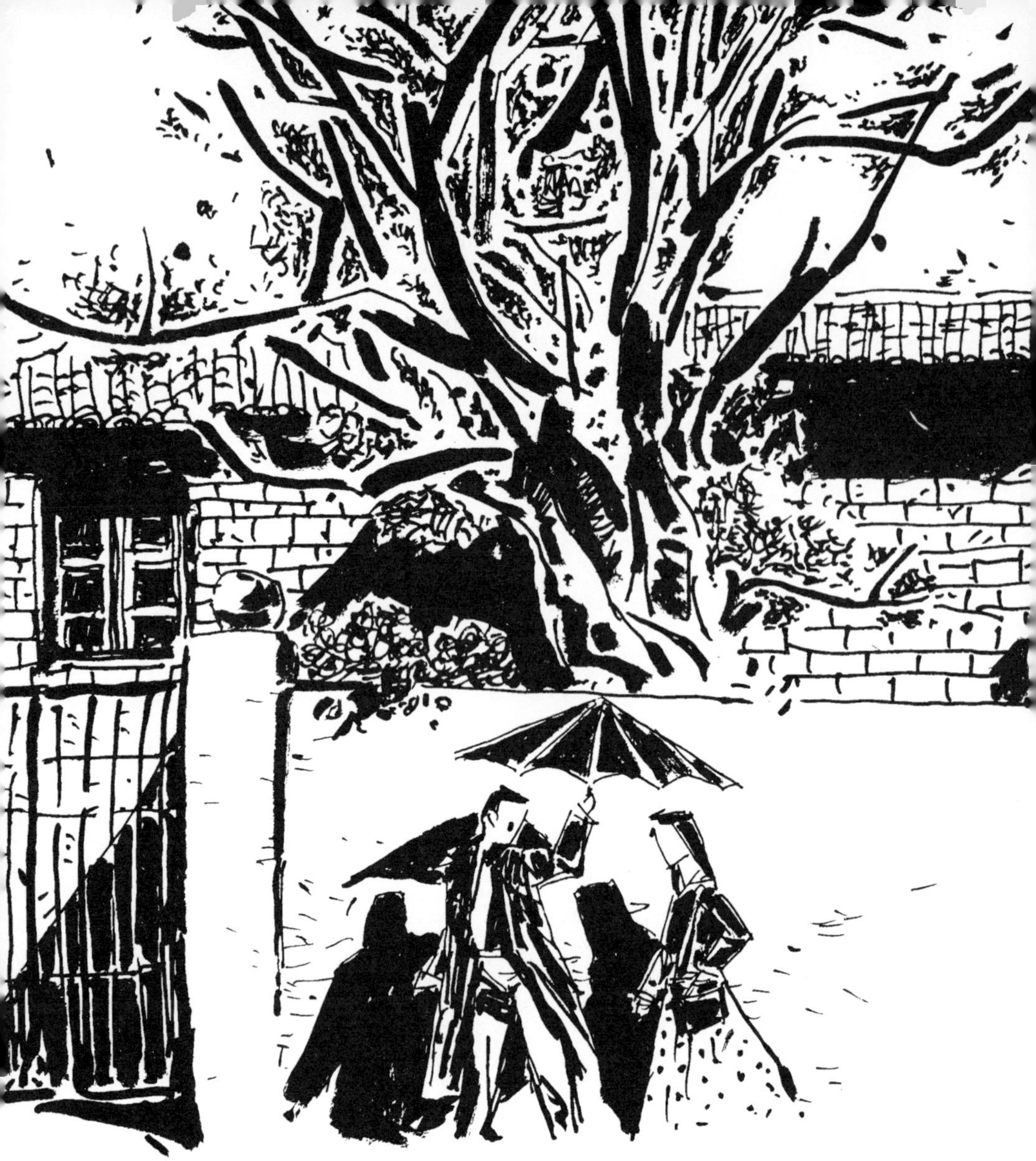

# 深秋的阳光

——品上海同行 Z 先生诗文，步其韵作小诗抒怀

看不见我的时候
请不要苦闷彷徨
深秋时节
看不见是日常

我在雾罩山城之上浩荡
在缠绵秋雨里冥想
在巴蜀高风中放歌
在万里霜天外绽放
夜幕降临
你看见的那抹星光
紧贴着我的胸膛
清晨醒来
我是你枝头抱香的朵朵金黄

看不见我的时候
请不要苦闷彷徨
深秋时节
看不见仅仅是日常的表象
你,一直在我心上
我,一直在你身旁

# 致涪陵诸友

长江北岸
点易洞前
滴翠岩下悟变易
功名利禄脱钩断链
身外之物渐行渐远
天地之间
方寸渺然

季夏的风
掠过头顶的荒原
才这发现
平生真爱
是清水的淡
白云的闲

以及寂寞的迟缓
和孤独的单

当然,具备条件
偶尔
我还会写诗
比如凝视石头上苍绿苔藓翩跹
比如共情江底白鹤深挚的浪漫

低龄老年
变与不变中切换
我乐于这样题刻人间
题刻青春
一闪而过的明亮和温暖

## 致敬 X 君

欣逢春林初盛
你已走过仲夏浓荫
抵达一座山岭
你已越过岭上长城

约好的一路同行
多少年过去了
你一直在边走边等
我追赶的足音
坚定
却也渐行渐远
越来越轻

晨风微寒
拾起一枚早衰的银杏叶发愣

叶柄清晰

微苦尚存

枯黄已撑不起

绿遍天涯的雄心

霞光满天

仰望你地平线上的背影

我的祝福譬如朝露

短促

却纯净朴诚

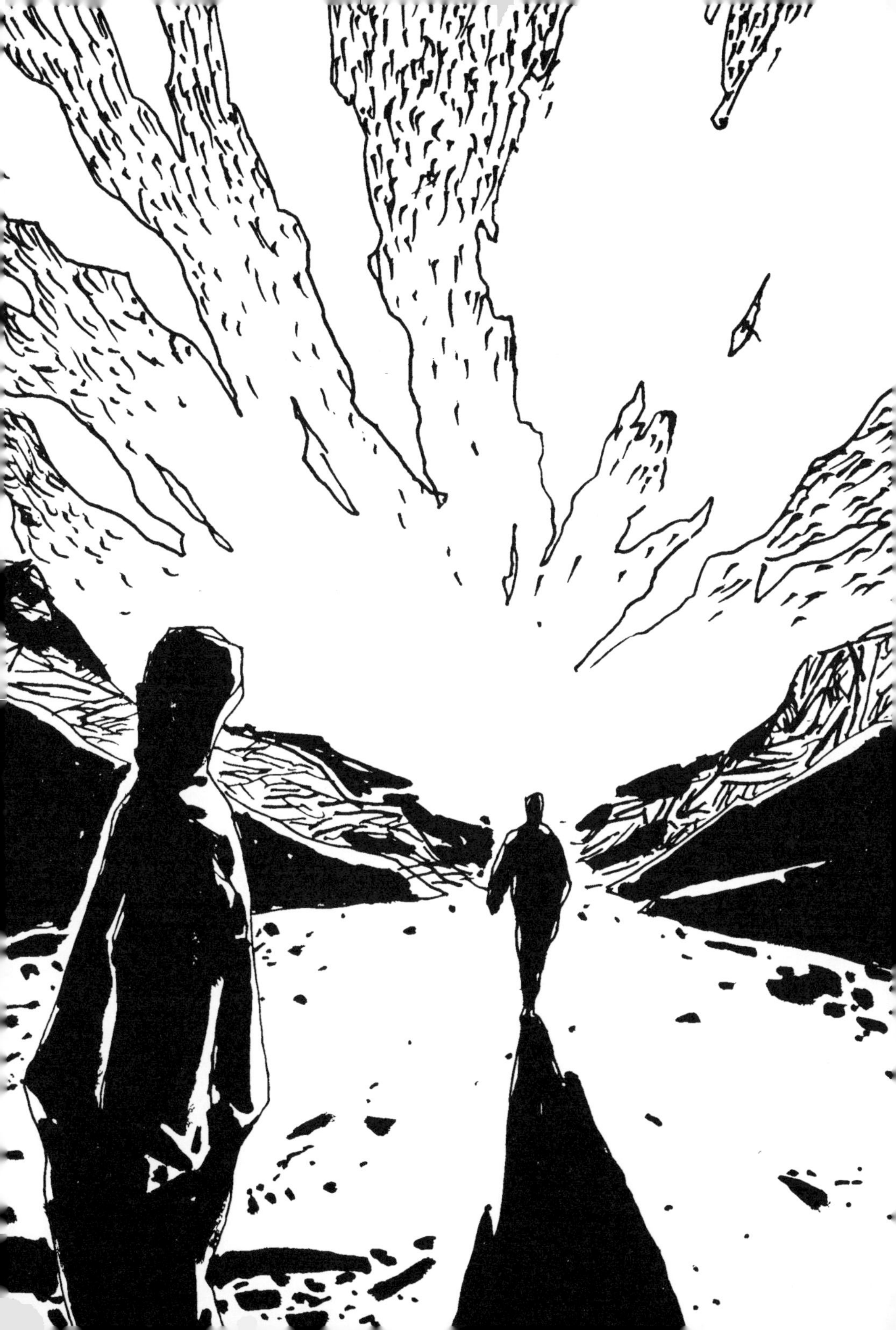

## 听说你还在大理徜徉

听说你还在大理徜徉
还要去上关赏桃李芬芳
昨夜春雨凋零好多稚嫩情话
花落处正生出茸果般希望
一粒茸果,一分念想
茸果满树,树满山岗

听说你还在大理徜徉
还要去下关享风的舒爽
淑气轻拂你英俊面庞
丝丝清风,缕缕祝福
千丝万缕,万缕千丝
恰似我的情愫我的衷肠

听说你还在大理徜徉

还要去苍山之巅寻雪里梅香

佛都梵音佑你一路吉祥

寒英朵朵，纷纷扬扬

冰清玉洁拥一米阳光

听说你还在大理徜徉

还要去洱海看今夜月亮

月亮如你，你如月亮

玉镜高悬，淡淡温香

水光天光，海上心上

半辈子情谊净爽绵长

## 漓江水

伊甸园传奇
秀甲天下的美丽
多少年了
魔幻之谜
一直在我的心底
神秘幽居

相思成痴
今日相遇
你清澈见底的圣洁
是一面镜子
我看见了你
也看清了自己

逆着时光走遍世界
仿佛你是我今生的目的
江中的竹筏
梦里的蝴蝶
彼岸含苞欲放的莲子

如若放弃是得到的开始
我会果断地放弃一切
只愿成为你的一缕涟漪
一缕涟漪中的一颗水滴
一颗水滴中的一个水分子

## 九寨沟树正瀑布

从未见过你
平生第一次
今日得见你
从此害相思

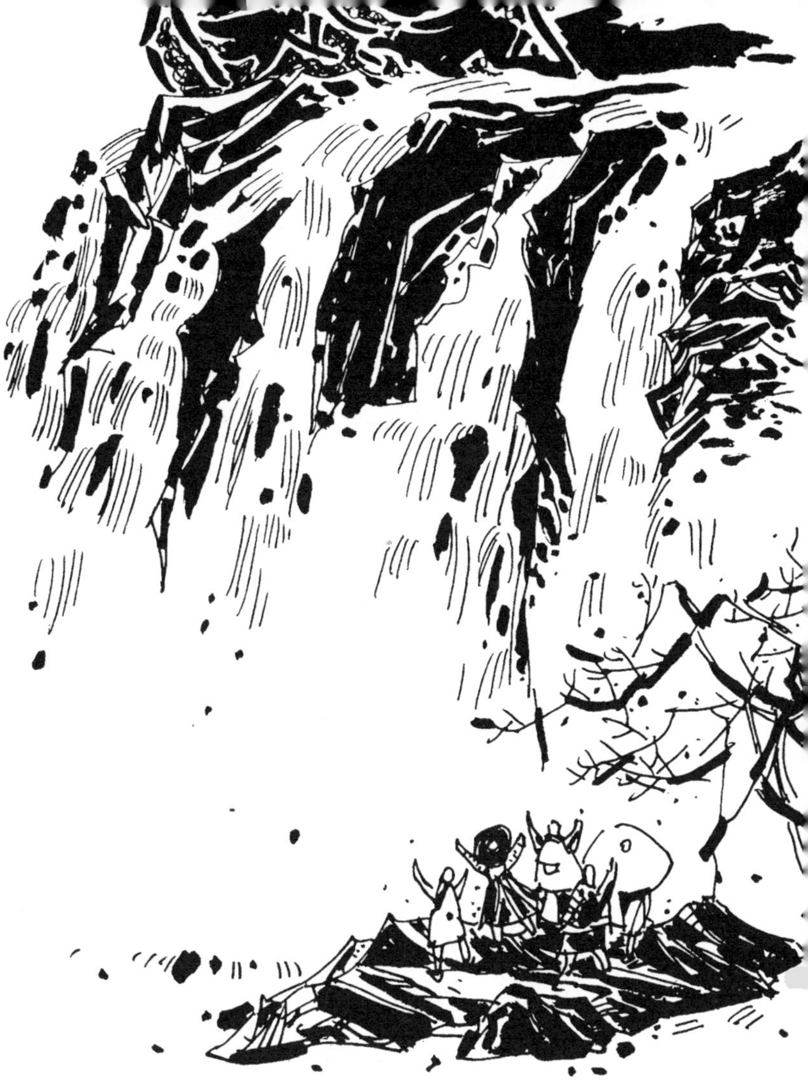

## 黎香湖的雾

巍巍金佛
澹澹蓝湖
还有玫瑰栈道港湾迷途
以及沙洲的深绿
淹没,淹没
淹没于洁白而肃穆的
温柔

微凉漫入窗口
闲适摩挲肌肤
美的寂寞邂逅妙的孤独
凝结成祝福的细微水珠
在天地间悬浮

## 冬日黎香湖

隆冬时节
原野阴沉寒郁
你天生丽质
该蓝的蓝
该绿的绿
苍茫天地间
清水芙蓉亭亭玉立
北风吹雁
问何以如是
金佛雪来
峡江云去
每一朵都是隽永诗句

往昔记忆
今朝故事
明日传奇
爱，深情如许
绵绵无尽
在我白淡的心里
漾起春江水暖的涟漪

# 落叶

一只只晶亮的鸽子
一朵朵斑斓的诗句
从何而来
因何而起
无语
悄无声息
美丽一地

也许
想隐去地表的物体
隐去蚯蚓成龙的雄心
隐去蚂蚁滚石上山的壮志
以及众多无名氏的
拼搏、伤痛和憋屈

也许
只为庆祝自己的胜利
绿叶红花
烘云托月
没有果实就没有果实
雷同仅仅雷同于自己
此生足矣

融入泥土
灵魂有节
生命
永不凋谢

# 黄昏的水面

铅灰的流云很低很慢
初冬的阴沉弥散天边
浩淼的湖泊横无际涯
目力所及不见人烟

一只小船漂泊湖上
无桨无帆靠不着岸
暮色和湖水有点泛蓝
宁静的深邃
不知她
是否会看上一眼

# 初冬
——记南川黎香湖入冬后的农民工 L 兄

树不再绿
叶落枝空
草黄山瘦
风冷云重
你说你喜欢初冬
喜欢初冬与你气息相通的田垄
而不是时尚的温室大棚

你说粮比金贵
该播的播
你说地比天大
该种的种
萝卜莲白
土豆油菜

大蒜小麦

你播种腊月的温暖

春天的灵动

夏天的繁盛

秋天的昌隆

自然生长

诚实劳动

饭碗牢牢地端在自己手中

辛勤的付出

撑起辽阔的苍穹

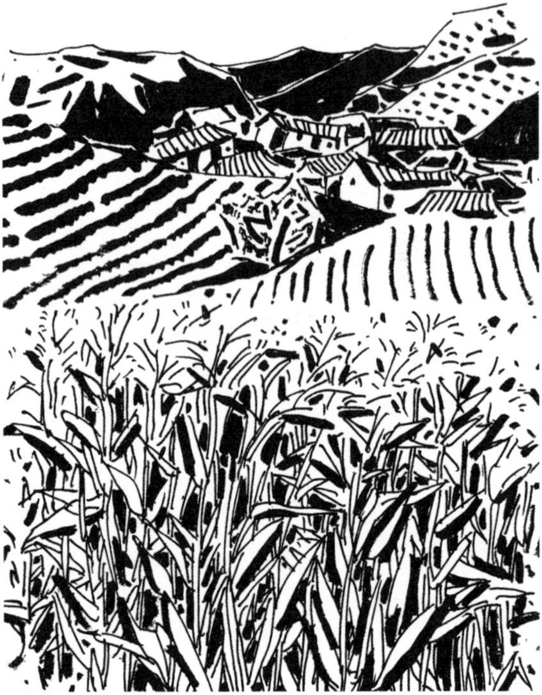

# 相信
## ——献给至爱至亲的七九林*

人生
是一场愉快的旅行
最开心的是沿途赏景
最珍贵的是造景暖心
我把爱都献给了你啊
七九林——
我的至亲我的神

这里的土地如此丰腴
就像那个夏天美丽的愿景

---

\* 2019 年 7 月 20 日,我们秀山原中和中学高中 1979 届学生由海内外云集秀山川河盖种植了一片树林,简称"七九林"。

那是流年深处的伊甸园哟
请相信
七九林梦想的种子
已扎下了深根

这里的雨露如此晶莹
就像那个夏天纯净的曾经
那是青春之河涌动的清流哟
请相信
七九林童真的初心
正节节攀升

这里的空气如此灵性
就像那个夏天温婉的长信
那是青涩圣洁的芳华哟
请相信
七九林翠绿的枝叶
将长成莽苍的森林

这里的阳光如此朗润
就像那个夏天那双眼神的深情
那是滋心润肺的甘泉哟
请相信
七九林勃发的生命
将永远年青旺盛

不需矫情
我们已不再年轻
但那颗心
仍然是当年一样的兴奋
十里草海郁郁青青
请相信
七九林的品格
忠贞不渝，从容坚忍

不扮天真
额头已布下光阴的年轮
但那翩然的身影
仍然像当年那样坚挺

世界桌山大气方正
请相信
七九林的追求
抓铁有痕，踏石留印

不言潇洒
出走半世一身风尘
但那种爱
仍然深永虔诚
川河云霞梦幻迷人
请相信
七九林的坚守
百折不挠，精彩纷呈

不说浪漫
归来少年心有伤痕
但那份情
仍然温暖如春
云端花园百媚千红
请相信

七九林的抱负
天风海涛，豪气干云

感谢今夜苍穹的澄澈
遥远的记忆竟这般贴近
书院井水从心头汩汩流过
我听见了
悠悠百年钟声
还有紫荆开花的音韵

感谢今夜月光的温馨
模糊的影像竟这般分明
楠木参天
白鹭翔集
我嗅到了1818年桂树的芳芬

呵呵，同学
今儿个真是缘分
二〇一九——爱你永久
七二〇——去爱你

那些年的一瞬
暖爽铭记于心
请七九林作证吧
海内存知己
天涯若比邻
你的出现陪伴我的旅程
我的存在守护你的一生

呵呵，同学
二〇一九——爱你永久
七二〇——去爱你
不是血缘上的一家亲
却是基因共同的七九人
请七九林作证吧
长路献给远方
远方花香满径
生命融入森林
森林辽阔无垠

人生

是一场愉快的旅行

七九人——七九林

人是树,树是人

江河湖海,日月星辰

我们追梦

我们感恩

我们奋斗

我们憧憬

请相信

因为——

我们都是七九人

## 喜欢

喜欢你大雁南飞天高云淡
喜欢你望穿秋水一尘不染
喜欢你五彩斑斓醉美世界
喜欢你千里烟波长亭唱晚
喜欢你三峡红叶云雨缠绵
喜欢你星辰大海絮语呢喃
喜欢你明月松间石上清泉
喜欢你绚丽画卷留白空间
喜欢你浓艳纷繁里的内敛清简
喜欢你集体狂欢后的形单影只
喜欢你渺渺夜空四季玫瑰
花瓣凋零泪流满面
喜欢你茫茫人海归来少年
精神矍铄青春容颜
喜欢你细揉慢捻

喜欢你款款深情缕缕灵感
喜欢你无条件的喜欢
喜欢你喜欢的无条件
喜欢你往年和往事的沧海桑田
喜欢你大海和星辰的量子纠缠
喜欢你
喜欢

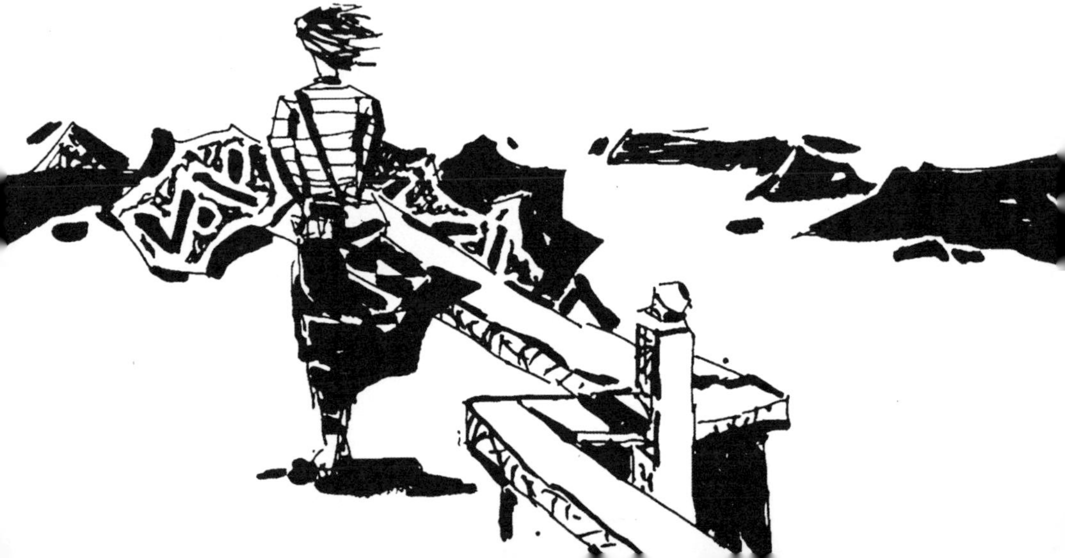

# 柠檬黄了的日子
## ——缅怀著名诗人傅天琳大姐

柠檬黄了的日子
我们依依惜别
您赠我一颗熟透的柠檬
黄澄澄的
一生遭遇结出的果实
生命的骨血
带蒂之玉
温润雅洁亲切

柠檬黄了的日子
我们依依惜别
您赠我一枚椭圆的叶子
绿油油的
清晰的叶脉

我看见了您出发的原点
看见了尊严的痛苦和高贵的喜悦
还有您万紫千红旅行的轨迹
以及那片空白和停止

柠檬黄了的日子
我们依依惜别
您赠我的黄丝带分外明丽
双手捧起
沉甸甸的
她串联了2000多首美丽的诗
一首诗一棵树
一个字一片叶
神州巴蜀
大江南北
绿色的音符
漫山遍野

柠檬黄了的日子
我们依依惜别

阳光朗润云霞祥瑞

簇拥着您一路向西

万里清秋

高天如洗

尘世喧嚣已被超脱成一声风吟

您衣袂飘飘

碧玉为佩

一路播洒柠檬花雨

太阳之下

月亮之上

天琳风景

勃勃生机

恰似缙云山果园

深绿的诗意

# 川河盖的四月十八日

一会儿风
一会儿雨
一会儿雾罩十万山岳
一会儿云淡风轻晴空万里

是虚拟未来
还是往昔的隐喻
是遗忘在铭记
还是完美的结束正老熟着开始
思归亭外的流云
不知所以

今夜
旷野舒展成檀皮宣纸
星辰是伸手可摘的大美汉字

四月惠风
如椽之笔
让我们一起来写一首诗吧
为了边城翠翠的纯情
为了志留纪游来的秀山鱼
以及中国桌山
不可言传的天机

# 话别

明早就将各自西东
昨夜月季灿灿然一地落红

巴山夜雨涨满了池塘
涨不满我们情谊的库容

荷香亭外种下一棵青青垂柳
西出阳关走不出彼此的心中

到了秋冬叶落空空
祝福仍会在柳条间柔软律动

## 在那遥远的地方

从那天起
我喜欢上了照镜子
伫立
端详自己
端详湖边的晨曦
晨曦中的那个影子

那个早晨
我们邂逅相遇
相向而行
微笑致意
朝霞散落一地
你从我的面前走了过去
走进童话
走进我的心里

从那天起
一直祈盼你也喜欢上照镜子
照见晨曦和童话
照见你
照见我心底的秘密

# 闲趣

澄澈清溪
游鱼漫无目的
闲晃嬉戏
灵动生趣

格桑花开
蝴蝶飞来飞去
花蝶互动
淡香美丽雅洁

白云飘飞
蓝天如洗
船行深海
渐行渐远了无踪迹

时光柔润
静静地散落一地
我用闲情串成果子
一半给你
一半犒劳自己

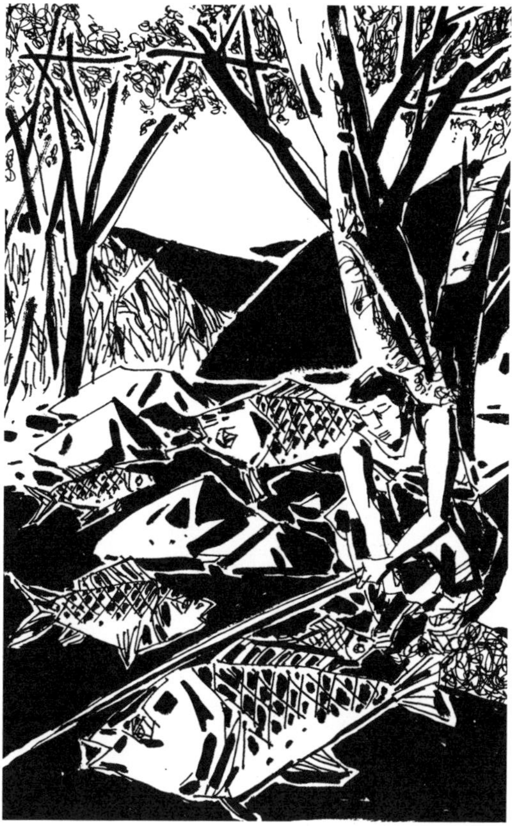

## 礼花

我的一切和唯一
就是燃烧自己
瞬间
美丽天际
美丽你的视域
粉身碎骨
只为你欢喜
这是我一生一世
生存和毁灭的意义
尽管
在这之前
是沉寂的夜
在这之后
是夜的沉寂

# 影子

向光而行
你跟着我亦步亦趋
背光而去
你贴着我分秒不离
即便是顶光映照
抑或在无影灯下
表面上
你杳无踪迹
其实
与我已融为一体

也许
我能够
摆脱地球引力

今生
却注定
与你灵肉相依
我是我
你是你
你就是我
我就是你

# 中秋夜

不见了
耀眼的纷繁
浓艳的斑斓
矫情的缠绵
统统不见了
白天的
喧嚣虚夸浮泛

多么美好的夜啊
明月松间
石上清泉
微凉唤醒思念
月光如水
水如月光
流淌爱的诗篇

你——
你可曾听见

金风轻起
桂花落闲
个、十、百、千、万……
千里婵娟的恬适
落满肩头
落满心田

# 月上心头

本可以不钟情于这秋夜的寂寥苍凉
如果不曾见过昨夜的月光
可昨夜月光
已弥散起梦醒后的怅惘
以及明晚
那一眼万年的
企望

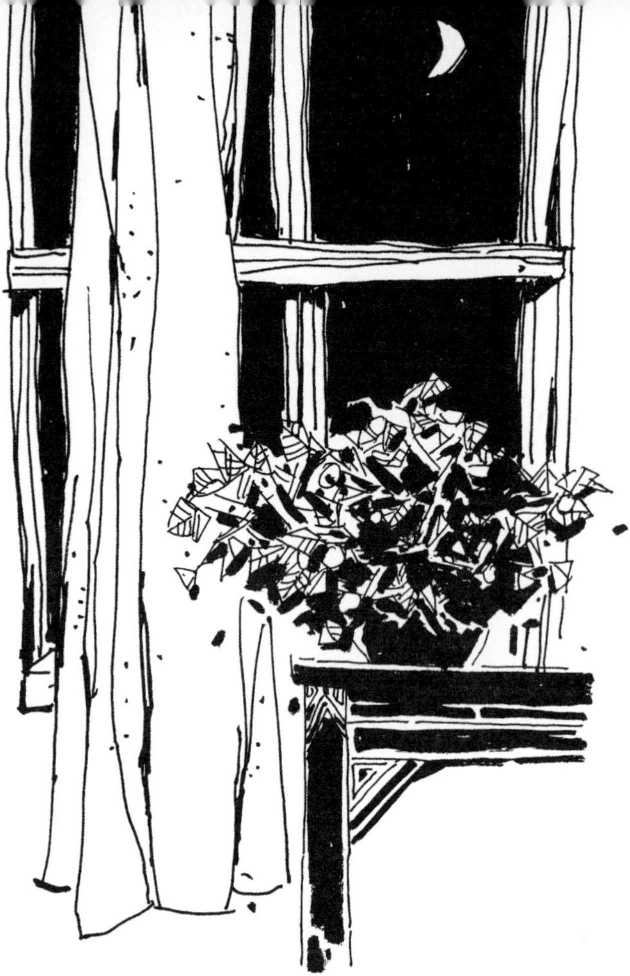

# 时光边缘

线条的祈盼
色彩的思念
西池荷莲的第六感官
神一般晶亮灵性的雨帘
交织成白鹭的梦幻
和蜻蜓的伊甸园
风过水面
嘈嘈切切的雨点
溅起丝丝缕缕的雾岚
瞬间
纯净如初的童年
青涩美丽的初恋
在香甜的空气中曼妙弥散

# 八月

就这样襟怀坦荡
每一缕阳光都宣示信仰
玉米水稻金黄
苹果桃李脆香
阳光催生着成熟
大地澄澈敞亮

就这样雄放阳刚
每一场豪雨都彰显志向
雷声千嶂落
滂沱万峰壮
豪雨荡涤酷暑
热浪透清凉

就这样舒爽欢畅
每一丝风都践行理想
蓄势的迸发
内敛的奔放
劲风席卷乱云
碧空如洗
我心飞翔

就这样清朗纯良
每一片星光都纵情歌唱
柔情似水
佳期如梦
牛郎织女仍是当年模样
在那遥远的地方
在小小少年心上

## 鹅岭公园的轻雪

我看不清你的英姿
空中飘逸的是雪
手心捧起的是雨
我猜不透你的心思
千树万树绽放漫天清丽
又似曾听闻黛玉葬花的叹息
我还读不懂你的诗句
携巫山云来
随两江潮去
摇曳轻灵的纯净
婀娜迷离的清晰
哪一朵是你

哪一朵不是你呢
默默无语
你亲吻着我面颊的冰凉
亲吻着鹅岭公园的岑寂

## 月光下那丛洁白的寒菊

云在悲里阴沉
风在痛中凋零
月光瘆人
寒菊揪心
茎干布满皱纹
枝叶弥漫黄昏
唯有那伶仃着狂欢的花朵
真白真嫩真素净啊
若婴儿肌肤
如天使之吻
纯洁神圣
高冷悲悯

英雄没有末路
迟暮不是美人
一世英名
终归于枝头抱香
万千红尘中
达成自己的风景

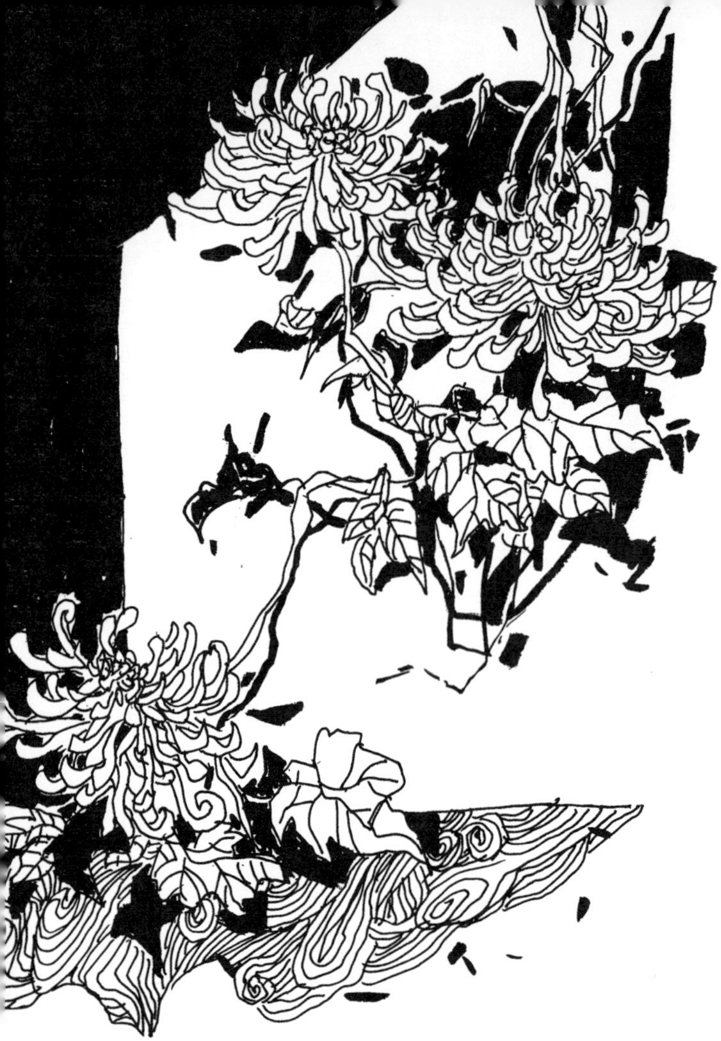

# 月亮房
——因嫦娥五号奔月"挖土"而向往

月亮之上
朝向地球的东方
我想有一间
极简主义的木房

只要有一扇门
可通向蟾宫的檐廊
每一个白昼
我要去见
已寂寞很久的
嫦娥和吴刚
当然,老桂树下
还要一起品尝

醉过李白和苏轼的
那坛杜康

只要有一扇窗
看得见蓝宝石般的故乡
每一个晚上
她高贵的典雅
我都会仔细端详
应和着银河的波光

只要有一张小小的床
累了醉了
遁入梦乡
东方魔笛,轻轻吹响
我的灵魂
会生出银亮的翅膀飞翔
宇宙深处
天籁般美妙歌唱

月亮之上
朝向地球的东方
我好想好想
拥有一间
属于自己的
小小木房

## 海滩上

海滩上
如织的游人
留下自己的脚印
涨潮啦
仅仅一波潮汐
所有的脚印
抹平
抹不平的
是因人而异的心情

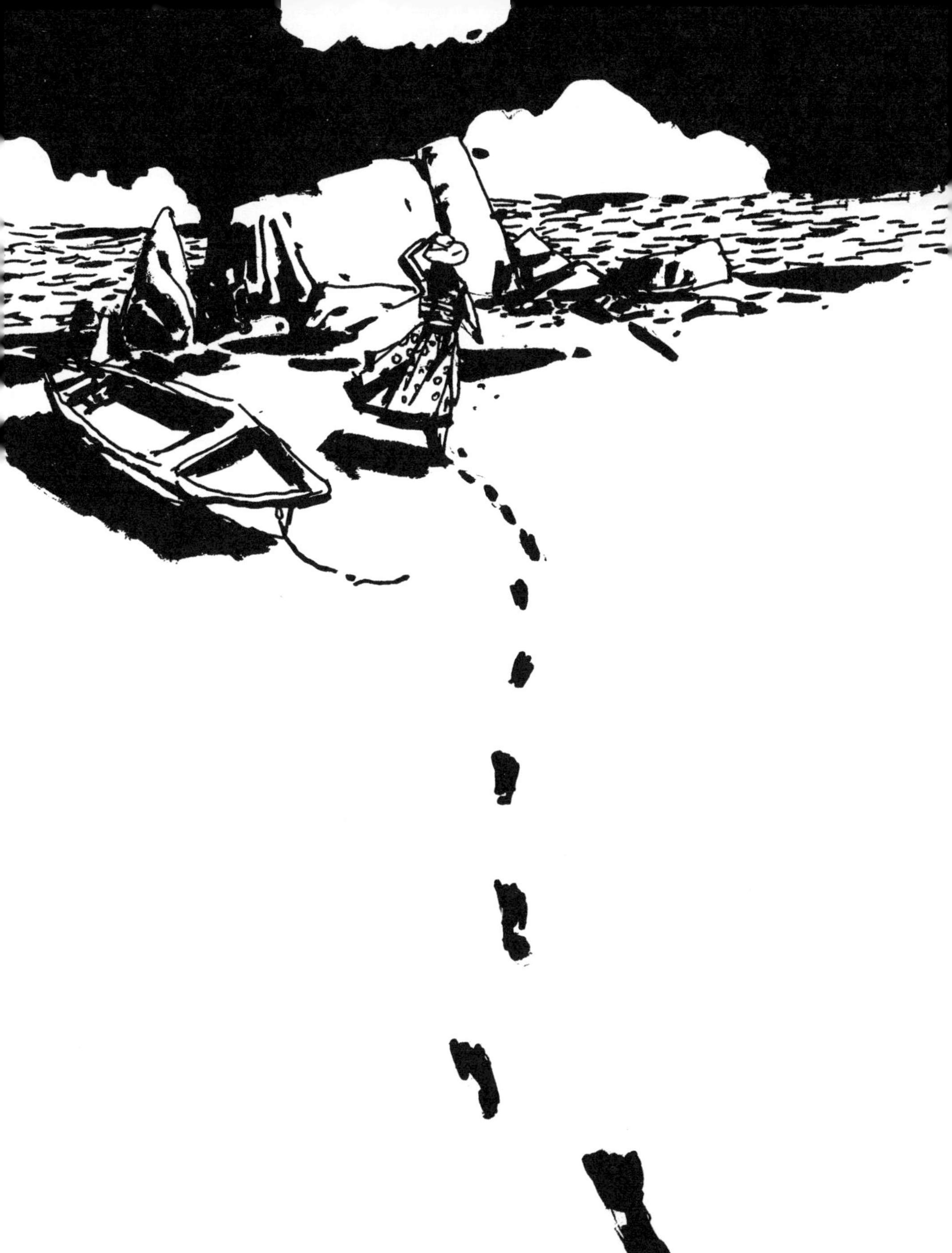

浮影交横

## 致灵魂

一直在仰望你的背影
惊为天人却模糊不清
一直在倾听你的声音
宛如天籁却寂静无声
一直在嗅闻你的芳芬
馥郁若兰却恍如幻景
一直在品尝你的深沉
雄浑如山却雪花轻盈

借由模糊向你走近
雾里看花心心相印
借由寂静约你同行
万语千言一声不吭
借由幻景偕你相亲
如影随形泾渭分明

借由味觉跟你共寝
合二为一独善其身
借由拥抱与你交心
咫尺天涯伉俪情深

而每当万般无奈布满我的心田
你就会在万般无奈面前
优雅现身抚慰心灵
每当我的世界陨石雨微尘般翻滚
你神一样的存在
世界瞬间波平浪静云淡风轻
什么原因
原因不明
也许是量子纠缠命中注定
也许是鬼魅不知灵异感应
你是遥远天边一颗星
我是巴山蜀水一个人

## 光阴的故事

昨天早晨
出门之前
把关掉的手机置于衣帽间
物理隔离
不碰不闻不看

回家的时候
已是晚霞满天
淡然释然着开机
心里
仍有所企盼

遗憾
没有未接电话
也不见半句留言

而退休之前
电话接到手软
微信回得心烦
无论是晚上
还是白天

再过 50 年
谁还记得我曾来过
这个婆娑的世界
天边
一颗流星划过
霎那之间

# 无可救药的人

有的绽放是为了凋谢
有的宣示是为了隐秘
比如落红化作了春泥
比如"小骂大帮忙"
李代桃僵
声东击西
辩证思维的原野
闪耀奇葩佳卉的瑰丽
人世间公开的秘密

可我是无可救药的"一根筋"
是数十年长不醒的"二傻子"
绽放的一定要见果实

宣示的一定要掼到底
我一直在怀疑自己
一直又自以为是
漏桶装水
缘木求鱼
虽年过花甲
仍乐此不疲

## 古装戏
——重庆市渝中区湖广会馆看戏有感

凤冠霞帔

妆容精致

一颦一笑,一招一式

倾自己的哀乐演别人的故事

入戏太深

耗自己心血

入戏太浅

观众不会满意

水准高低

全在分寸拿捏

只见她长袖善舞莲步轻移

只见她水墨丹青纵横虚拟

无佳木却见春色

无花池已起涟漪

一切都显得游刃有余

枣红绒布关闭

掌声之后

离形取意

空荡荡的戏台

不知是释然的喜悦

还是无可奈何的叹息

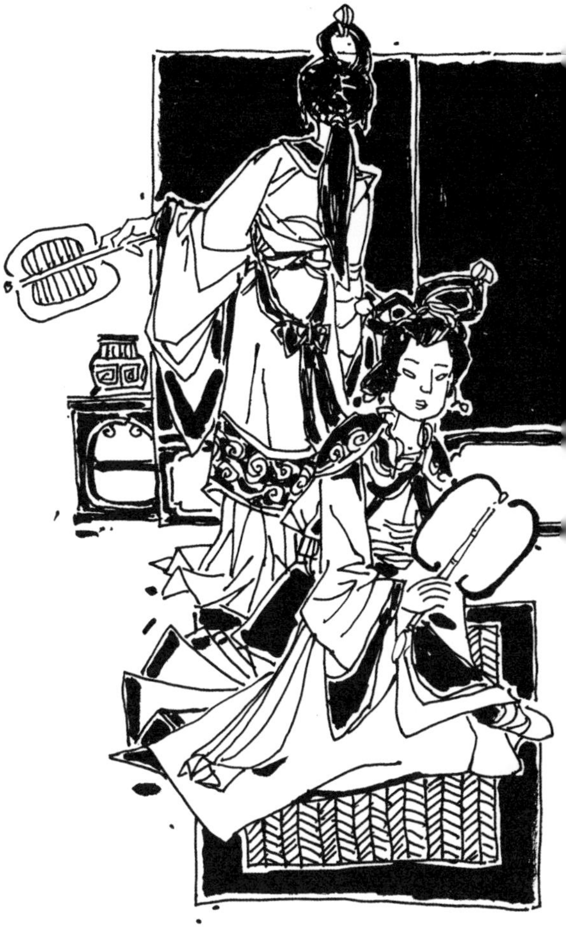

## 手机

对不起
亲爱的
原以为你离不开我
现在才知道
是我离不开你

一小时不见你
我会害相思
两小时不见你
我会屋里屋外到处找你
半天不见你
我会发寻人启事
而一天见不着你

我还是我
魂却早已不知所以

你是光吗
我成了物的影子
你是空气吗
看见你我才有正常的呼吸
可我总觉得你并不咋的
却又把最多的话语说给你听
把最美的笑容献给你
把最隐秘的心事敞开给你
甚至夜半三更
有时还捧着你
自言自语

亲爱的
对不起
在你面前

我可能一直高估了自己
今天才终于明白
生活中最大的问题
不是鱼和飞鸟之间的距离
而是面对你
我该如何摆正自己的位置

## 秋天的故事

是年龄的关系
我不该责怪这个季节
一声叹息
大地斑斓着穿上褪色的外衣

视力衰退了
金佛的草原不再葱绿
头发稀疏了
古镇的老井飘落一片片黄叶
想放声歌唱
旷野听见的是蝉鸣悲切
想重返森林
却少了雄狮的利爪和睥睨一切的狂野

俱往矣
繁盛的序曲已轻染暮气
万幸所系
唯幻想依然是
风度翩翩的王子

骑着白马
越过河流和村庄
越过萧瑟和枯寂
用脚步丈量流年的深情
丈量一丛金黄的疆域和格局

马踏烟霞
巴蜀壮丽
远处的大雾漫溢过来
嘚嘚的马蹄声中
我一步步迈上向阳的高地

## 祭青春

太阳还会西沉东升
黑夜醒来还会是早晨
春天来了
古城还会花香满径
只是,我青春的小鸟
早已飞得不见踪影
没有人会记得那些开怀和伤心
惆怅和振奋
以及冷漠和悲悯
生命盲目
我一事无成
唯愿意犹未尽
蝶变成蹁跹的精灵
水穷云起处
轻迹凌乱薄雾
浮影纵横诗情

明日黄花
昨夜星辰
共遍野冬菊
朵朵凋零

## 往日时光

喜欢溶溶的月光
喜欢听它在杜鹃和蝈蝈的啼鸣中生长
看故乡的青石街面把它擦得锃亮
看老屋的小河细浪同它轻吟浅唱

喜欢溶溶的月光不被遮挡
长的廊桥，矮的土墙
黑色的影子
是噩梦的温床

喜欢溶溶月光
弥漫成银白的海洋
我平庸的肉身如一叶扁舟
灵魂是英姿飒爽的船长

捞不起过往
就像捞不起水中的月光
可年少的船长坚持着
一网
又一网

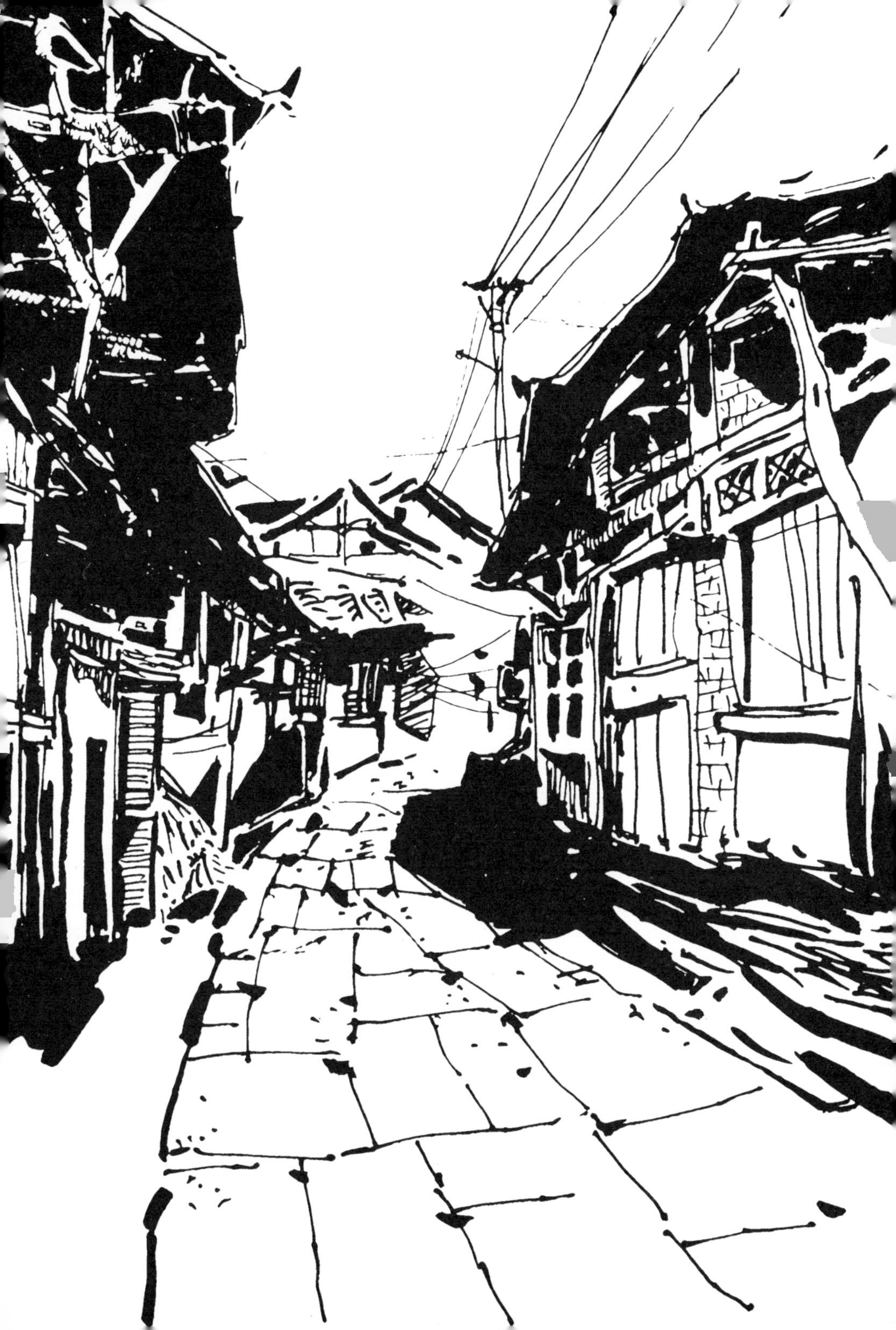

## 春风里

带点儿凉意的娇羞
恰是别样的温柔
散了寂寞干枯的清愁
也无花团锦簇的秾秀
柳絮不飞
万物复苏
恋爱者都在恋爱
有情人都在倾诉
时令美丽如诗
大地和天空是框架结构
拔节的交响是灵妙的韵律
诗眼写在游人的脸上
人间值得
常乐知足

# 望星空

没有起始的神秘
一望无垠的空虚
风轻云淡的瑰丽
万籁俱寂的深邃
哦，正是今夜
就在这里
内心安宁愉悦
体悟着意味深长的感觉
以及感觉中妙不可言的颗粒
肉体，归附四月玫瑰的大地
灵魂，飞升星光熠熠的疆域

## 星光

婴儿细嫩的肌肤
佳人善睐的明眸
融融春风的和煦
盈盈秋水的通透
抚慰人心的敦厚
梦中玫瑰的幸福
可仍有人说你
逢雨不出
遇云娇羞
甚或与黑夜同流合污
而你从不申辩
更不强求
能忍受的忍受
不能忍受的忍受
修行自渡
处处温柔

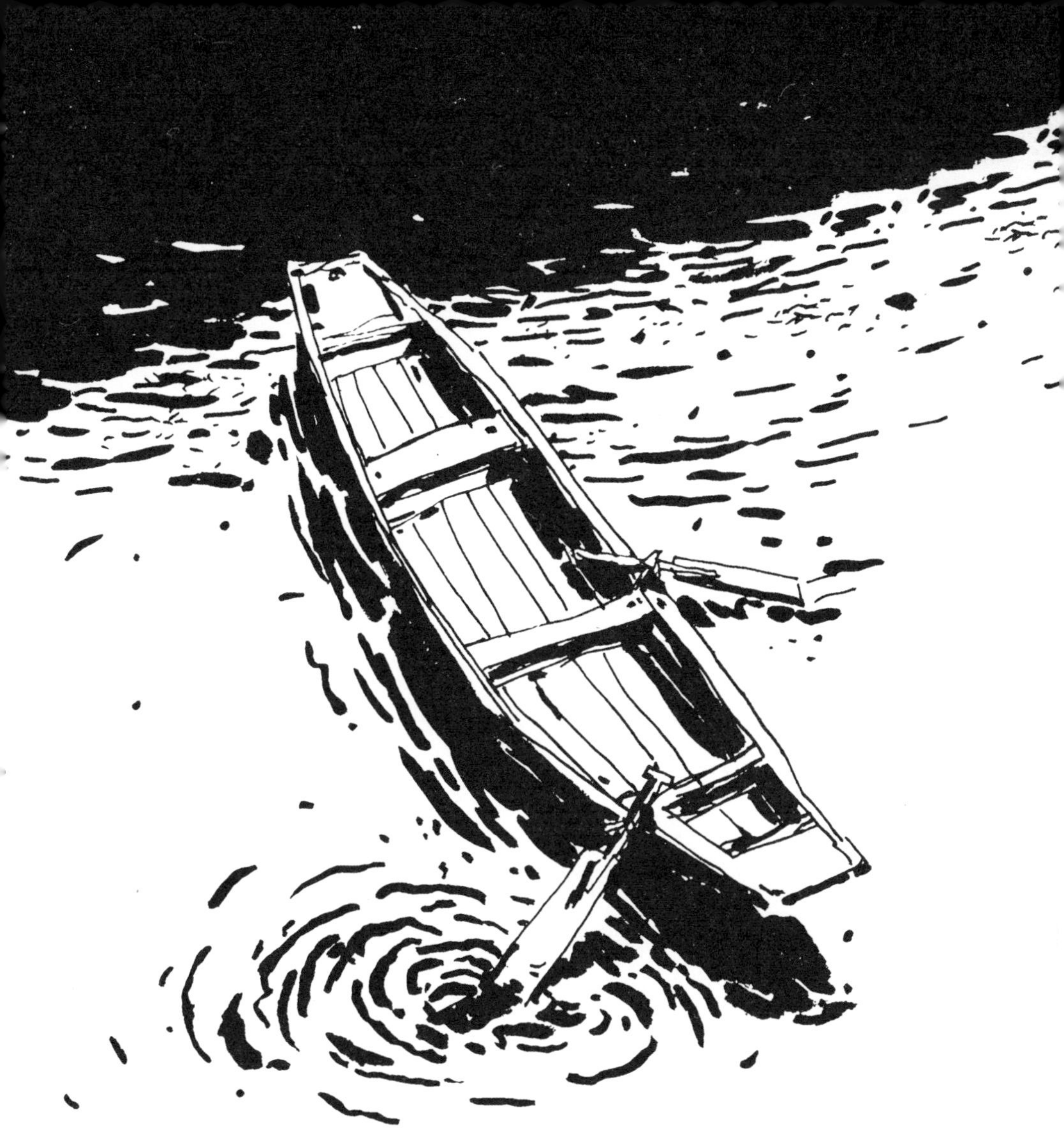

# 容颜

衰老是无情的摧残

掠过处

铅云密布

暮霭弥漫

少年的面庞

刻下不再返青的冬寒

所以与你相见

每一个早晨

每一个傍晚

微笑才清水出芙蓉般

深挚温暖


我曾哭着来到这个世界

几十年过去

太阳和月亮把泪水吸干

成就这一张
喜欢沉思和凝视的脸
人世间唯愿
它月华般轻柔阳光般灿烂
然后随风飘散
在我离开的那一天

## 晴空中的那朵云

走过怎样的历程
才会繁复得如此纯净
才会钟情于巴山蜀水的香樟林
在我的小木屋上空
悬停

熟悉的陌生
离我很远又很近
仿佛我肉身与灵魂的距离
天地的边界
模糊不清

似已厌倦无根的飘泊
可飘泊是你的宿命
联动我渐老的躯体和勃发的青春

凝重缭绕，弥散轻盈
千变万化
却悄然无声

无常轮回
云者我心
水乳交融，袅袅升腾
苍穹浩瀚
不系之舟
在寂静中远行

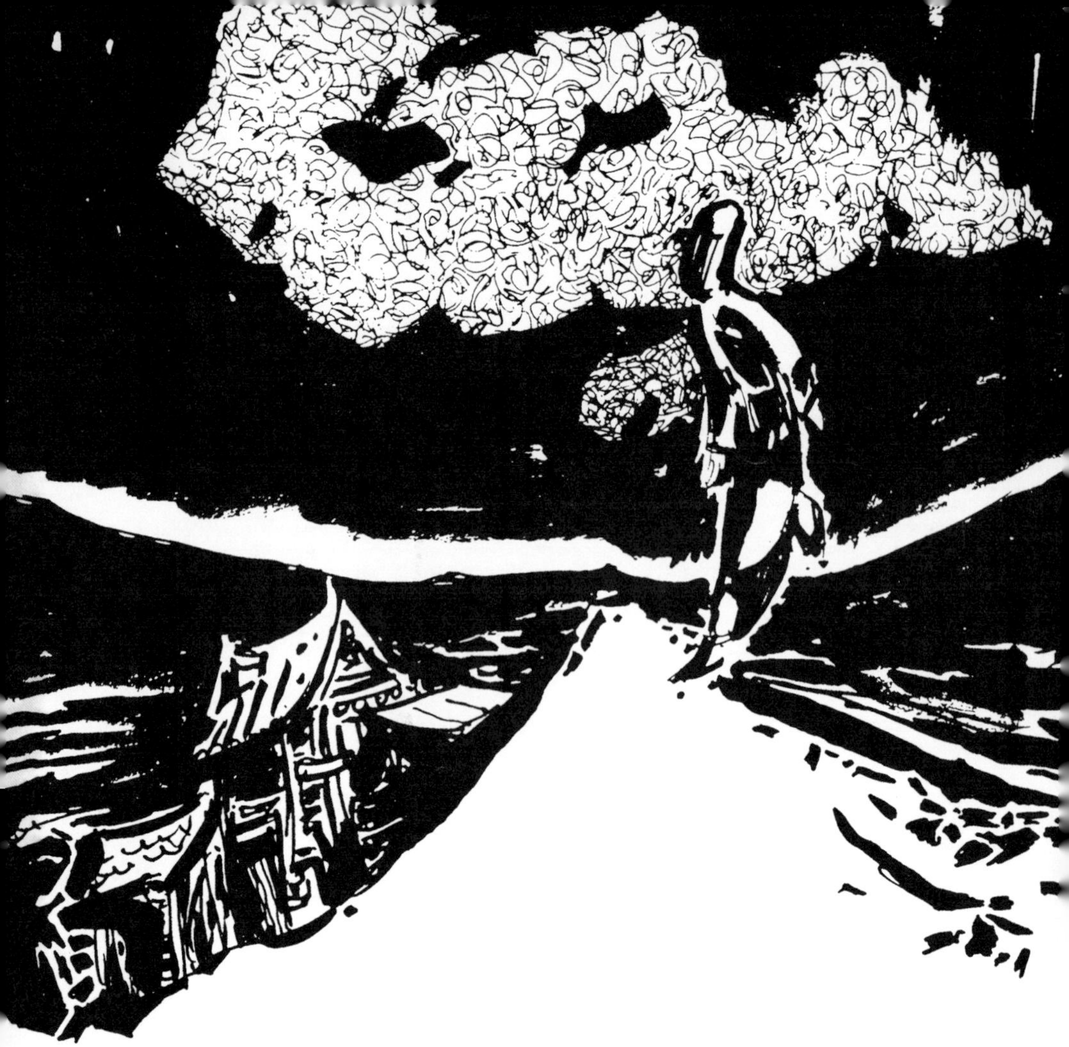

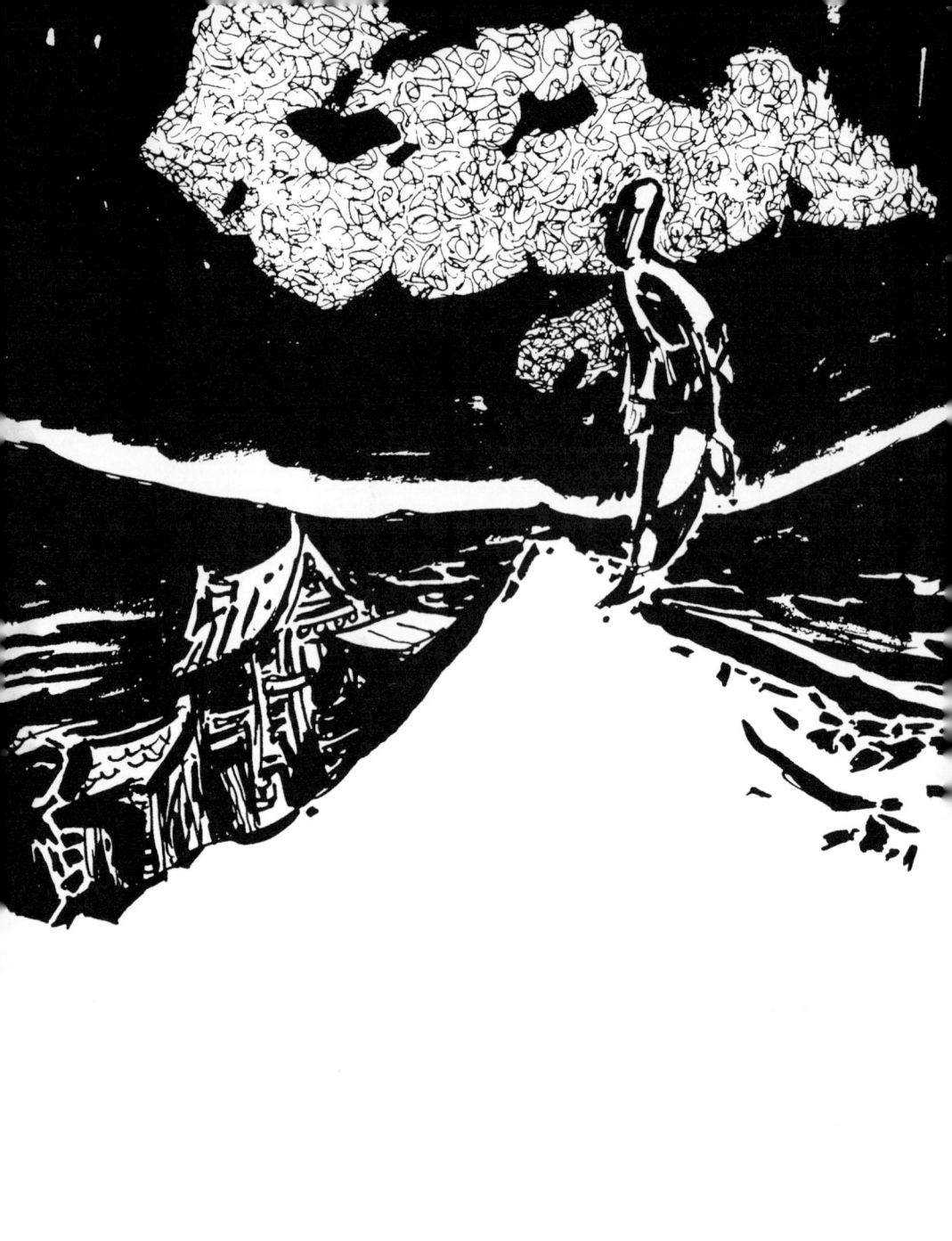

# 七月阳光

歌唱，歌唱
纵情歌唱
生命的原浆
思想的光芒
天下情怀
睿智绽放
丝丝缕缕磊落坦荡
垂怜万物润润朗朗
遍洒每一座城市
每一个村庄
每一条溪流
每一片海洋
彻照荒野的小草

戈壁的石头
沙漠深处行将就木的胡杨
抚慰无名氏难于言说的
苦楚、委屈和忧伤
这才有了
生命最繁茂的生长
晦暗处最暖心的明亮

# 雨

看见你随风而去
躲进云里
看见你灵动飘逸
重回苍茫原野

看不见是心甘情愿
还是迫不得已
有时你是朝露夜雾
冰雹霜雪
有时你才是你自己

九霄外泪凝天际
尘埃里喜极而泣

天上地下
冷暖自知
你就是你
魂系江河湖海
根植深情大地

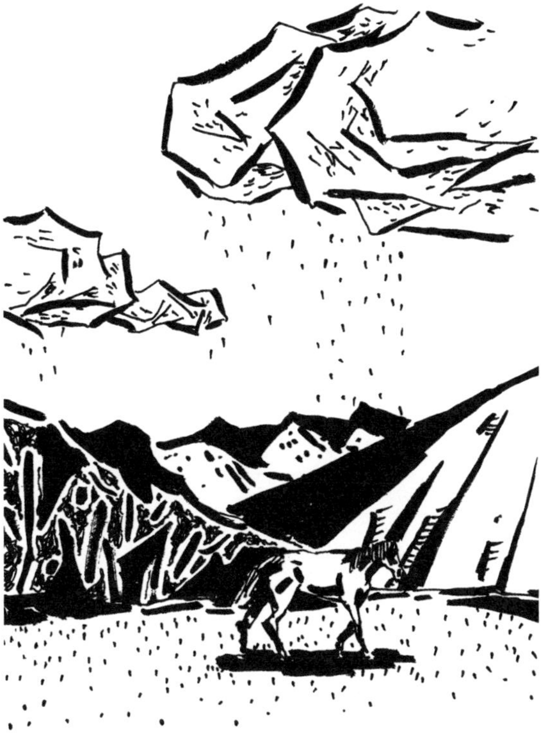

# 大海

那场一下数千年的霪雨之后
地震火山的狂怒
冰山雪原的烦忧
动物世界的无助
人间泪水的痛楚
统统地
统统地向你涌流

默默承受
接纳万物
委屈从不言委屈
痛苦从不说痛苦
水往低处流

你是最低处
撑起地球的格局
你成了地表的大多数

四十亿年过去了
你依然敏感活跃宏阔而丰富
有过千军嘶吼
也曾万雷惊谷
而更多更多的时候
浪花亲吻海岸
千万次千万次地重复
重复重复重复
重复是最博大深沉的温柔

## 礁石旁的红树林

年复一年
日复一日
多少年过去了
海浪的每一次拥抱
都是无情的咬噬
礁石
早已千疮百孔
空虚成海岸的僵尸

而红树林
在成功逆袭
海浪的每一次磨蚀
都是对生命张力的砥砺

根系在海水里呼吸
种子在母体内发育
石头烂掉的地方
迎风招展
一杆杆绿染天涯的
旗帜

## 仲春

花朵似乎都在歌唱
水仙和腊梅却不声不响

树木似乎都在萌芽
却有黄葛树正叶落情伤

其实都在绽放
只是各有各的时令和方向

其实都在生长
只是各有各的路径和模样

如同人人都有想法
有的春发而有的春藏

# 空蒙

翩跹如仙的曼舞
洁白沉寂的孤独
纯净如初的问候
张力适度的温柔
哦,秋天赐予
我最贴心的
礼物

太过炽烈直露
太过聪明通透
残酷
无法承受
只喜欢朦胧浪漫
缥缈轻愁

和镜花水月般
稚嫩的成熟

沿着雾的思辨行走
擦肩而过
多少魔幻变化的脸谱
我只看见
千人一面的
模糊

朋友
请原谅我的粗疏
我对你的祝福
仅有这漫溢湖畔的水珠
微乎其微
似有还无

## 樱桃芭蕉

精致浑圆
红了樱桃
阔硕澄碧
绿了芭蕉

分开
樱桃矜贵
却孑然弱小
独处
芭蕉厚重
却单调粗糙

一树樱桃
几叶芭蕉
互为风景
真好

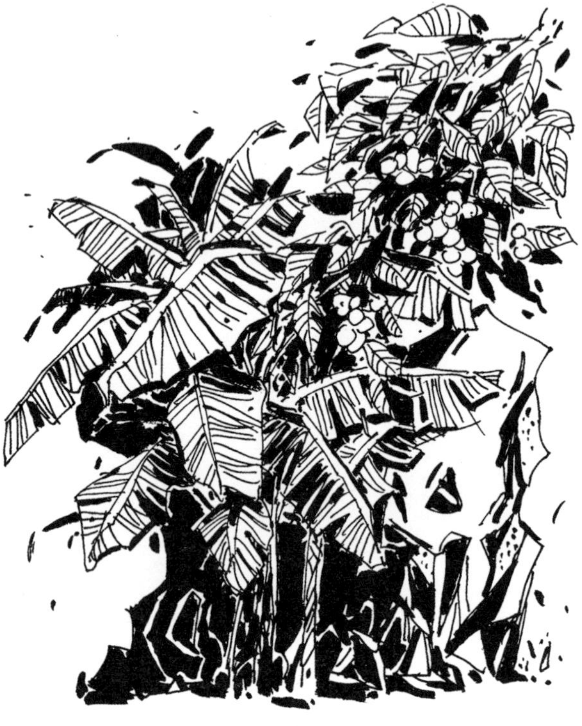

# 新秋

眼前的清秋
是怀旧的轻愁
热烈蓬勃勇锐和执着
已渐趋闲静
归顺于浅浅的寂寞
淡淡的孤独

青春的小鸟
一闪而过
恰似盛夏的蓊郁和繁茂
怀念
是昨夜的梦
是梦中瞬间无法捕捉的恍惚

如今
我就是自己座下的高尔夫
款式很土很 LOW
如同杜甫和他远行的老驴
天高云淡
云卷云舒
我牵着它满世界悠游

当然
我偶尔还会写诗
还会驻足停留
不为稻陌拾秋
只为邂逅晚熟的人
邂逅敦厚的温柔

# 川河盖上

## ——于山城示弱斋答 H 君

你说你一直有些迷惘
川河盖究竟是个什么地方
弄得我走火入魔跟傻子一样
阔别三十年
还魂牵梦萦痴情向往

我也说不清川河盖究竟是个什么地方
只觉得它的天空分外深广
无论是白天还是晚上
只觉得它的原野特别苍茫
湖泊联动草海绿染远方
云端花园我嗅不出哪朵花儿更香
漫天繁星我分不清哪颗更亮
有的事情谁说得清楚呢

每个人的心里
都有自己走不出别人进不去的廊场

当喧嚣的记忆随风遗忘
我便回到三岁时光
宇宙爆炸时形成的原子
与形成三岁之我的原子一模一样
蒹葭苍苍
羽毛闪亮
且歌且舞
振翅歌唱
真的，朋友
川河盖的世界里
我成了会飞的国王

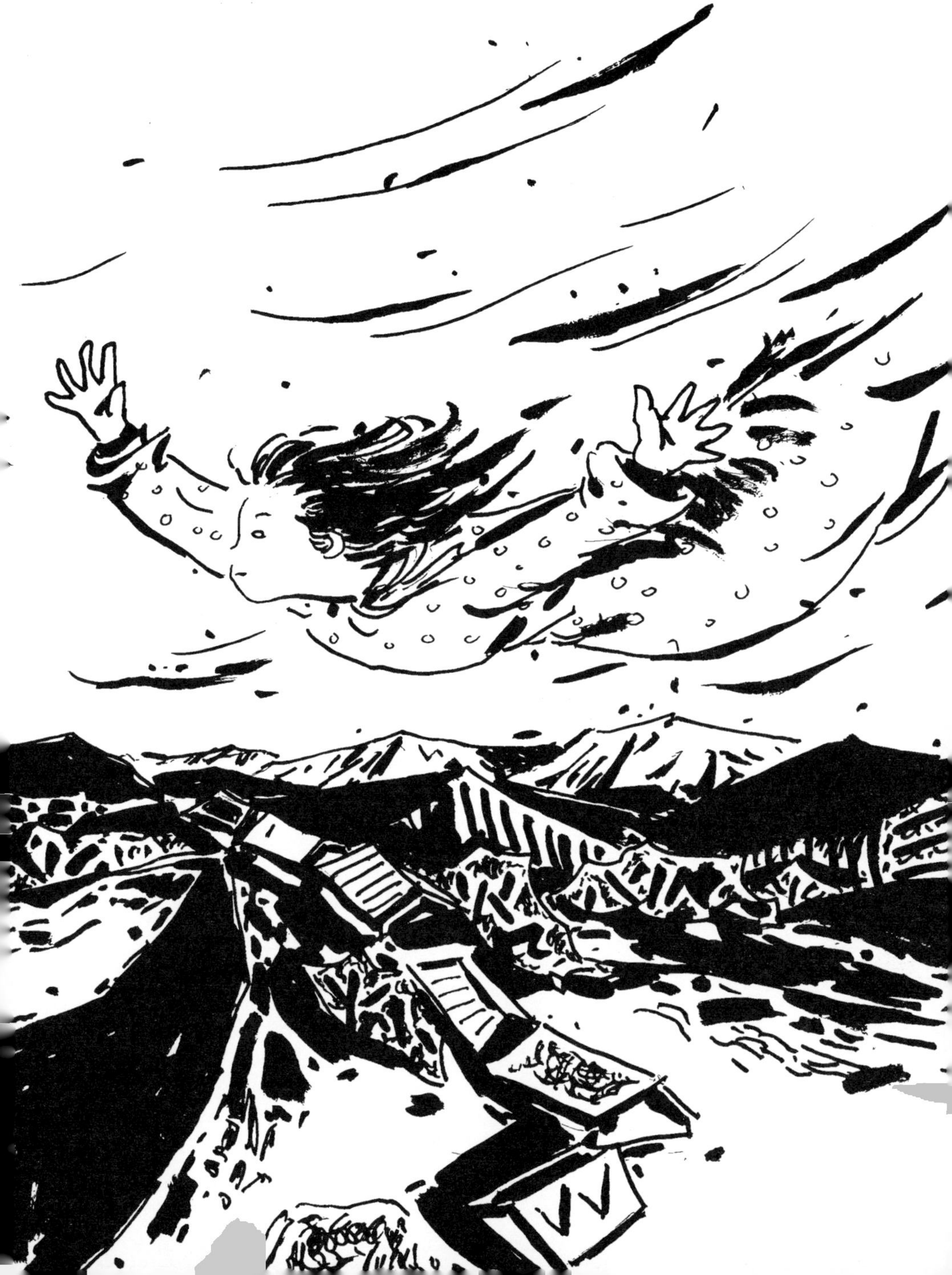

## 月思*

我以为懂你
星辰大海
神话传奇
还有银河般璀璨的诗句
献给你
天涯毗邻的知己

其实
我并不懂你
不懂你从未转向地球的背面
以及背面的崎岖和神秘
而好戏
总在背面
背面
总有好戏

---

\* 欣闻 2019 年 1 月 3 日 10 时 26 分中国嫦娥四号代表人类首次实现月球背部软着陆,作此诗。

# 我有一个毛病

我有一个毛病
话多而且天真
在没有人的地方
也喜欢说个不停
同石上清泉斟酌松间月影
同秋蝉嘶鸣讨论雏凤新声
同昙花一现探讨爱的永恒
同山溪洪水酌量海晏河清
以梦为马翻山越岭
挽天高云淡慰电闪雷鸣
潮起潮落山野浮沉
携比远更远慰比轻更轻
从黎明到黄昏
又从黄昏到黎明
我有一个毛病

而且越来越深沉
喜欢自说自话说个不停
喜欢用无聊的空话掩去走过的脚印
喜欢留出一片空白
种下天边的星辰
然后细嗅破土拔节的芬芳
谛听万籁俱寂的轰鸣

## 致我今夜不知所终的灵感

想你
无论如约还是偶遇
不管天晴还是下雨
想与你深情相拥
创造奇迹
就像"神舟"与"天和"完美的对接
让闪电驱走疲惫
点亮这周末的诗意

可今夕不是七夕
牛郎难见织女
我同你相向而行
你同我各自东西
子夜尴尬
恍惚神思

左手拉着右手
木木然的我
找不着一点点惊喜的感觉

风过中庭
栀子花香四溢
原谅你也放过我自己
欲起身睡去
无意间手碰键盘
敲出一串五味杂陈的泪滴
丝丝悲凉
缕缕欢悦
一半是浅浅的苦涩
一半是淡淡的甜蜜

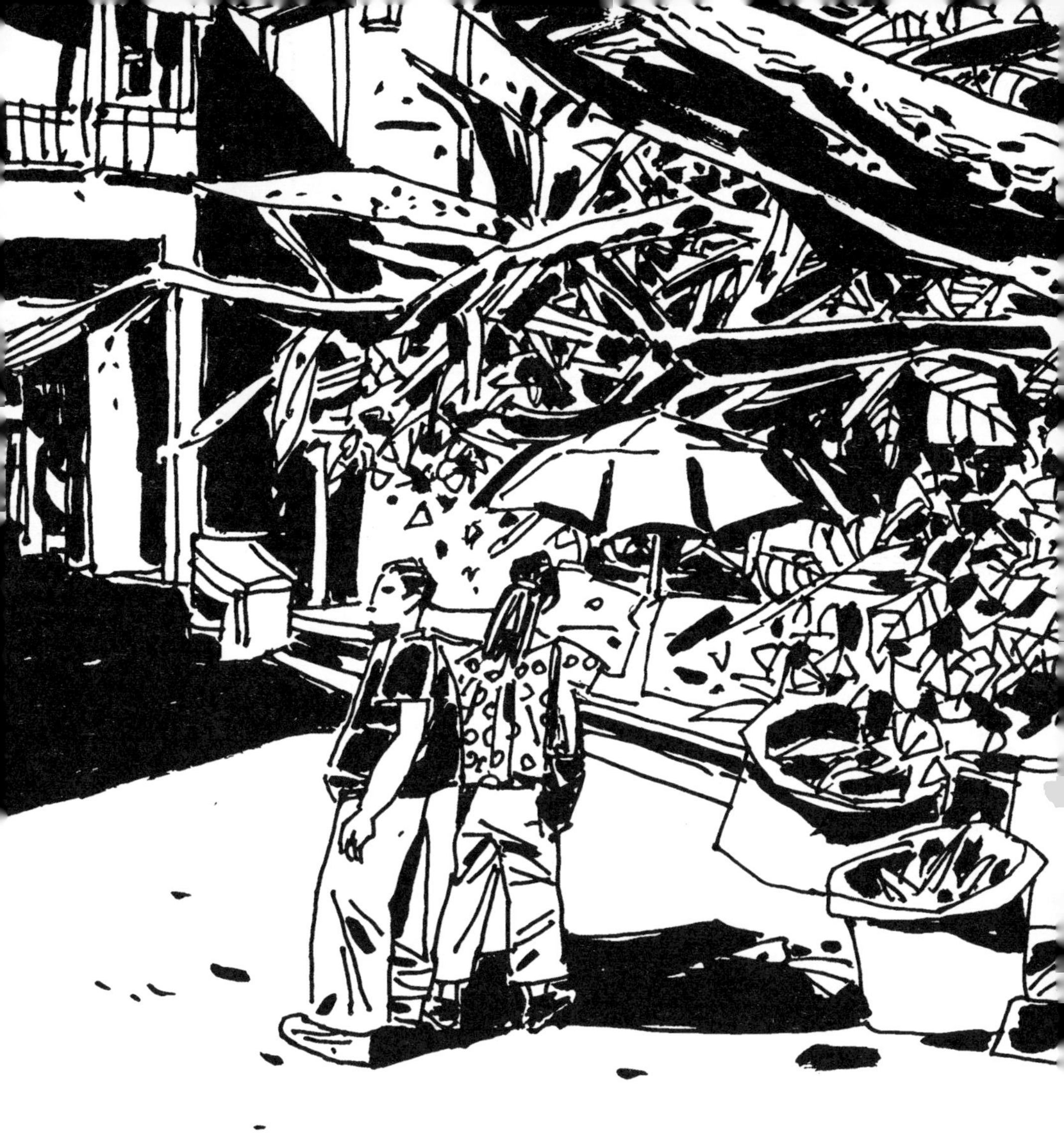

## 黄永玉

前日
遗嘱执行人发布消息
你死后火化
不作遗体告别
也拒绝任何形式的纪念
骨灰作肥料
奉献土地

由此,我似乎读懂了
无愁河上的浪荡汉子
可那只猫头鹰
仍然是一只眼圆睁
一只眼紧闭

白鹭从那片荷田轻轻飞起
缤纷绚丽开遍原野
一颗骨灰、一粒种子
绽放的绚丽
都是你梦想的样子

传奇男神
男神传奇
你想彻底磨灭自己
人们却深深地
深深地
把你刻印在心里

# 关于一首小诗的那点儿事

"谁都可以写诗?"
是的
"啥都可以入诗?"
是的
黄雀风濯枝雨
山野村夫恺悌君子
一切可以是诗
诗可以是一切
只要你笔下的汉字藏有秘密
秘密的平仄有起伏的韵律
只要你表面的寡淡品得出甜美
晦暗的底色滋长瑰丽
抑或无聊透顶都饶有兴致
晃晃悠悠又踏踏实实

而我呢
更喜欢壮怀激越
恰似雄狮不经意地
用前爪触碰剑刃的锋利
即使低回
也只想做
亚马孙森林的那只蝴蝶
混沌中飞翔
悄无声息

## 菊之宣言

真的,朋友
我花开尽百花残
纯属偶然

那些关于我的
哲思警句
诗性礼赞
以及神话般的内涵外延
都是瞎掰

我只是一株草本植物
雨冷风寒
笑容素简冲淡

就喜欢同你
一年一见
彼此温暖

其他
都是扯淡
与我无关

## 案头那一晃而过的阳光

不知是云的多情
还是风的神韵
几朵精灵
明亮朗润
我堆满枯燥和寡淡的案头
曼妙起童话纯净
天使笑声

倏忽
没了踪影
案头重新卷起
疙疙瘩瘩的乌云
不知是天凉好个秋
还是风和云另有隐情

# 书房台灯

## ——致 S 先生

那年仲春

你送我一盏别致的台灯

夜深人静

一条淙淙的河流

波光粼粼

河畔歌吟

锦鳞游泳

鱼儿哪能离开水呢

离不开

水的温暖鱼的感恩

离不开

共享沉默

玉壶冰心

## 鹿回头的传说

没有对错
只为生存
一方欲血刃夺命
一方为保命飞奔

你死我活的矛盾
天涯海角
已精疲力尽
此情此景
海天同体宏博澄明
于是
回头一笑鹿变美人
刀剑入鞘
猎手明心见性无限温情

没有逻辑陷阱
不见预设剧情
从古至今
最透彻的认知
往往都是最良善的人性
恰似美丽鹿城
无处不在的清馨

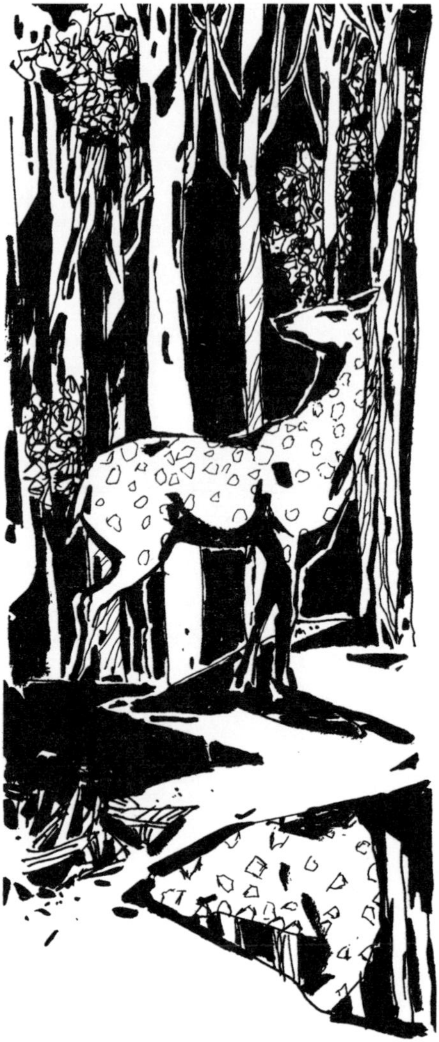

# 悲剧

——电视中看见鬣狗狮子梅花鹿同框

鬣狗
时停时跑
若无其事摇头晃脑
它有最血腥的掏肛阴招

狮子
打着呵欠伸着懒腰
血盆大口吞得下塞伦盖蒂草原
它还有三英寸钢针利爪

梅花鹿
啃着青草
一脸纯净的微笑
漂亮身形的每一个细胞
都沉浸于当下的静好

## 盖上季夏的风

酷暑
就要把人逼疯
昏昏沉沉间
我投入你的怀中

微凉轻松惬意从容
饱满的空洞
万能的无用
仅仅一个晚上
星光的幽蓝
抚平我焦躁的心
和焦金烂石的毛孔

甘冽又青葱
你一直重复着雷同
雷同，雷同成就你迷人的呆萌
返老还童的微笑
是最清纯可人的妆容